JN139782

みずみず
水

龍

空

海

愛

アメリカ・オレゴンより
宇宙愛をこめて

なぜ魔法使いは和筆で
すべてを創造できるのか?

ルーマン恵里

明窓出版

ポートランドの四季・冬

Take a rest

ポートランドの四季・番外編

私の仕事

書道・瞑想書道・書アート ― 三位一体書の世界

宇宙愛をこめて

はじめに

「オレゴン州ってどこだっけ？ 確か……西海岸？」などと思っていた私が、現在オレゴン州・ポートランドに住んでいるのは、「導かれて」としか言いようがありません。私のこころの中に欠片（かけら）すらなかったオレゴンから、書道を通して宇宙愛を届けようだなんて、人生には自分の持てる想像力を駆使しても及ぶことのない自然の法則があるものだと、ポートランド在住歴が長くなるにつれ益々気づかされます。

日本ではポートランドブームだと聞きます。確かに、ポートランドは素晴らしい街ですが、自然や人、文化の持つ素朴さ、純粋さのようなものすべてが私を導いてくれたことで、とても特別な場所となりました。それは、ドラマチックな出来事が起こったからということでもなく、日常の出来事や日々自分が感じた小さな発見や感動によるもの。小さな石炭の集まりが燃えて、大きな蒸気機関車を動かすように、日常から生まれた溢れる感性が大きなエネルギーとなって私を動かしているのです。

日本で生まれ海外で生活する多くの日本人が感じることですが、私も海外生活を経験したからこそ日本の良さに気づきました。日本人人口の少ない中西部から西海岸のオレゴンへ渡った時、中西部よりも浸透したアジア文化、日本への興味と知識にカルチャーショックを受けました。さすが日本から一番近いアメリカの玄関口西海岸。

文化の違いは一目瞭然でした。特に書道家である私は、書道への関心度と認知度の違いを実感しました。

ここでお伝えしておきたいのですが、私は師範でもマスターでもありません。ただ、書道が人生からどうしても離れないためそのまま受け入れ、あるがまま歩んできた結果なのです。逆に、マスターでな いがゆえに書において気づくことが多くあったのだと思っています。筆はまさに日本の縮図の如し。伝統あり、ルールあり、お手本に従い作品が出来たら世間の評価の目あり。道理で日本の社会にフィットできない私が書の道に違和感を覚えていたわけです。けれどもそれは全て私自身の捉え方の問題だと、アメリカの生活を通して気づいていきました。「筆は、美しい文字を書くためだけのものではなく、自分を委縮させるものでもなく、むしろ自分の宇宙を広げてくれる魔法のステッキ」だと。

全ての人には人生のストーリーがあります。そして人と分かち合える大切な学びや気づきがあります。その大きさは関係ありません。たとえ小さいことでも受け取った相手にとっては何よりも大きな勇気になるのです。私は筆を通してそれを学びました。だからこの本を読んでいるあなたに伝えたい。もしも自分には誇れるもの、分かち合えるものは何もないと思っているなら、それは大間違いです。あなたの奥深くには素晴らしい何かが必ずあるのです。それが私にとっては「筆」だったように。いま見当たらなくてもいつか必ず見つかります。私が自らの経験談をお話しすることで、かつての私のように暗闇の中でもがく人たちがきっと勇気をもって自分の人生を前進させることができるのではないかと思っています。

ポートランドでの日々の生活に眠る自己発見のエネルギーと気づきを散りばめながら。この本を手に取って下さったあなたにも、この魔法が届きますように。

アメリカ・オレゴンより、宇宙愛をこめて。

ポートランドの四季・春

美しい草木と謎の言葉

今から10年ほど前、中西部の乾燥地帯の感覚でやって来たポートランドは、意外にも苔と虫が多くて美しい緑に包まれたこじんまりとした街でした。同じアメリカでもコロラドの幅の広い道路や駐車場に慣れていた私にとって、まるで日本へやって来たかのような錯覚を覚えました。春はそこら中に桜が咲き乱れ、まるで本当に日本で過ごしているかのようです。

ポートランドにやってきて初めての春のある日。桜並木をドライブしていると、目に入ってきたのはビルボードに大きく書かれた“BENTO”の広告文字。BENTO……ベント？ 何語だろうか？ ひょっとして日本の「弁当」？ 車窓から遠ざかるBENTOの文字に疑問を抱いたまま、ポートランドの春は始まっていったのでした。

あちこちで舞い散る桜の花びらに、ポートランドでも感じられる日本の春。桜はどこにいても日本の春を運んできてくれます。日本でも桜を愛でてはいたけれども、アメリカに来て初めてこんなにも桜が自分の中に深い影響を与えていたことに気づきました。アメリカの日常には、桜のグッズもお菓子も、食べ物やお酒を囲んでのお花見もないし、うちはテレビジャパン（*1）もないから、桜前線の予報も入ってこない。最初は、みんなで一緒に桜を楽しもう！ といった盛り上がりが全くない環境にいるのが今一つ寂しかったもの。だからこそ、日本という国は桜の情報を天気予報で報告するという風情あふれた国なんだと、アメリカに来てつくづく感じました。季節を様々な角度から愛で、楽しむ日本人は、なんて情緒豊かな環境にいることでしょう。そんな国で育った日本人の私は、桜が咲きだすと心の芽までも咲き始め、生命が宿ったかのような喜びを感じます。脳みそに桜の入れ墨でも入っているのかしらね～と、笑いたくなるくらい心が騒ぎます。きっとこれは、日本文化で育った者にしかわからない特権。ここまで桜を喜べるなんて、日本人で本当に良かったと思っています。

花見客を見ることはないけれど、あちこちに広がるピンクの絨毯はまたひときわ美しいもの。ポートランドで有名な桜の名所の一つは、ダウンタウンを流れるウィラメット川沿い Tom Mccall Water Front Park にある Japanese American Historical Plaza (*2) の桜並木。桜の季節には毎年ここの桜を見たかどうか、アメリカ人の友達との会話でも必ず話題に上ります。夜桜の舞い散る道を車で走り抜ける時は、まるで自分が大自然の舞台で飛び舞う踊り子にでもなったような、また、私の大好きなスターウォーズのミレニアムファルコンで宇宙を駆け抜けるようにも感じさせてくれるのでした。

ちなみに後日聞いた所によると、BENTO の文字はやっぱり「弁当」のことでした。面白いことに、BENTO 屋さんのオーナーはもっぱら韓国人だった（*3）ということ。お弁当の付け合わせには沢庵じゃなくてキムチというところがポイントでしょうか（笑）。BENTOだけではなくて、日本食レストランのオーナーも韓国人が多いんです（もちろん、日本人経営者も沢山いますが）。アメリカでは韓国料理よりもヘルシーな日本食の方が流行っているから、との理由を聞いて納得しました。自分の住む「郷（さと）」のことをよく知っていると、異国でも賢く生きていけるのですね。

（*1）北米で唯一の24時間の日本語放送局。

（*2）ポートランドにおける日系アメリカ人の歴史を後世に伝えるため造られた場所。

（*3）現在では、カートフード（車を改造したキッチンで販売されるできたての料理）が主流になって、お弁当屋さんを見かけなくなりました。

キングサーモンとアザラシと息子の格闘（1）
―― 勝利はいったい誰のもの!?

オレゴンの春といえば、スプリンガーと呼ばれるキングサーモンが名物。ポートランドで釣りをするようになってから、いつかはそんな名物釣りに行ってみたいと思っていましたが、私は鹿児島県の桜島を囲む錦江湾を眼前に育ったにもかかわらず、釣りを一度もしたことがありませんでした。初めてポートランドでボートに乗ったのは、引っ越してきて間もない頃、ポートランドを西と東に分けるウィリアメット川岸辺で息子と遊んでいた時のことでした。以前住んでいたコロラドと違って家から5分で行ける大きな川にワクワクして水辺を散策していたところ、さっきまでここにいた息子の姿が無い！ 辺りを見回すと見知らぬ人と話しているのを発見、「こりゃいかん！」と挨拶に行き、最近ポートランドに引っ越してきたばかりだと伝えると、なんと私たち家族をボートに乗せて川を案内してくれるというではないですか！「お～息子よ、ありがとう～！」と、この時ばかりはいつもじっとしていない息子に心から感謝しました。

モーターボートに揺られ、初めてのポートランド･川の旅。それは、自分が大自然の一部になったかのような素晴らしい体験でした。この時目に付いたのは川の両岸にいる釣り人たち。いったい何が釣れるんだろう？ と思っていましたが、まさかこの時目撃した釣り人たちに将来自分たちがなろうとは。

それから約2年経過したある日、当時7歳の息子の釣り人宣言を皮切りに、週末は必ず釣りへ出かけるようになりました。どこかの池、湖、川での釣りへ1時間、2時間、時には3時間近くかけて出かけることもありました。雨が降っても雪が降っても構わず、ありとあらゆる魚の住処へ出かけていきました。そんなある時、夫の勤め先の釣りガイドを経験したことがある先輩が、私たち家族をボートでサーモン釣りに連れていってくれることになったのです。私たち家族は念願だったサーモン釣りに、何日も前から楽しみにしていました。

いよいよ当日、まずはガイド兼キャプテンの先輩からサーモン釣りの注意事項のレクチャーを受けます。ボートの上では絶対にキャプテンの指示に従うことと、擬餌針には絶対指を触れてはならないというルールがありました。人の匂いが付いたら魚が避けるからです。7歳の息子とは"No touchy ～"が合言葉となりました。ポイントに着くと、ボートからは、キャプテンと私たち親子の、4本の竿が張られました。当たりがあると、経験者のキャプテンまで冷静さを失って緊迫感が走ります。"Fish On ！"の掛け声と共に釣り竿をタイミング良くあげるのですが、命をかけて泳ぐサーモンは計り知れない力を発揮します。釣り糸を強く巻きすぎては切れてしまうし、巻くにも巻けない強さで引くのでキャプテンは逆にボートをサーモンの位置に寄せていきます。私が指示通りにゆっくり釣り糸を巻けども相手は微動だにしてくれません。だから私も座り込みのストライキです。「魚ごときに負けてたまるか～人間の意地を見せてやる！」

と、こんな時に「人間代表」なんて気分に。でも、以前習っていた極真空手での組手練習以来、久しぶりの真剣勝負を感じていました。大自然の威力に圧倒されながら、使命を持つサーモンの力にこの世のものとは思えない神々しささえ感じました。サーモンと私が釣り糸という糸電話でつながっているようで「頼む、いい加減に観念して！」と竿越しに訴え続ける私。でも相手は大自然の摂理に従うだけ。これが野生の生き様なのです。

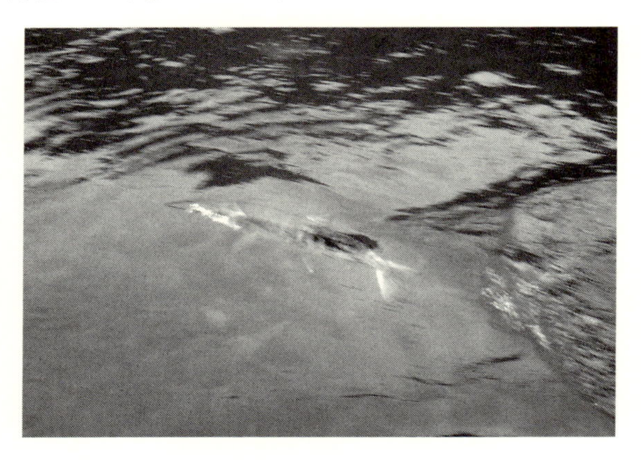

なんとか最後の力を振り絞って巻き上げた獲物は、キャプテンが網でしっかりとキャッチしてくれたのでした。船上にサーモンを入れると、みんなから拍手喝采！ サーモンへの畏敬の念を覚えた大冒険でした。こんなに力強く大自然で生き抜く力を持ち様々な敵と闘ってきた魚を食することは、そのまま彼らの生命エネルギーを戴くということ。私たちの体と精神を培ってくれる命に心から感謝の気持ちでいっぱいになります。必要な分しか捕らないアメリカインディ

アンの精神が理解できました。確固たる目標に向かって進むサーモンは、自分にかかった釣り糸を引きちぎり、餌にも見向きせず故郷へと一心不乱に泳いでいきます。釣り上げるより、逃す確率の方が多いサーモン釣り。彼らのように私たち人間も何があってもあきらめずに目標へと向かって突き進むべしと思えた体験でした。

と、サーモン釣りのエキサイトな部分をフィーチャーしましたが、釣りの大部分はというと……ただひたすら待つ忍耐の時間。忍耐というか、呑気にというか、途中で眠りこける人もいたり。そうかと思えばせわしなく竿や糸をチェックする人もいたり。けれども、ゆったりと時の流れに身を任せ、自分を囲む自然の美しさに同化する心があれば、サーモン釣りは癒しの時間に変わっていきます。

キングサーモンとアザラシと息子の格闘（2）
―― 釣り人の天敵

ボートの釣り人、岸の釣り人、彼らにとって共通の敵はサーモンを狙って現れるアザラシ。船上の釣り人は武器がないから追っ払うことはできないですが、岸辺の釣り人はアザラシめがけて大きな石を投げつけるという狂気じみた行動に出るんです！ 初めて見た時は驚きのあまり唖然としてしまいました。ふと我に返って「ちょっと、それってなんだか違うんじゃ……？」という思いがふつふつと湧いてきました。昔、日本でやっていたテレビ番組『野生の王国』(*1)を見て育った私は「自然の掟に反しているのはあんたたち釣り人よ！」と叫びたい気持ちでした。けれどもサーモン釣りの醍醐味を知った今では、釣り人の気持ちも若干は分かります。でも、石なんか投げつけなくたっていいのに……しかも一人や二人じゃなくて、岸辺に立つ殆どの釣り人が次から次へと石を投げつけている……あ～恐ろしい。人間もアザラシも必死なのは同じだけれど、どうか石攻めだけはやめてよね～と願うのでした。

それから何週間か経ち、いつもの友人に釣りに連れていってもらった時のこと。息子の竿にサーモンが “Fish On ！” 当時 8 歳だった息子にはもちろん大仕事。それでもキャプテンの助けを借りながら何とか巻き上げが成功している最中、「ザブン！」と、なんと私たちの目の前からアザラシが飛び出し、息子のサーモンに食らいついて盗んでいってしまったのです！ キャプテンは “F*CKIN' SEAL ！”とアザラシに向かって怒鳴っている。息子は呆然として立ち尽くすだけ。

目の当たりにしたリアル『野生の王国』に何も文句は言えず、ただただ大自然の素晴らしさと無念さを一瞬にして同時に感じさせられたのでした。自然の掟に従うとはこういうことなんですね。人生、時にこうやって瞬時に色々な思いを感じさせられることがあるものです。どちらも否定できず、ただ佇んで導かれるように身を任せる気持ちになりました。

大自然の中で、私たち人間にできることは、自然の流れに従い共存することなんだと納得しながら、息子が悲しまないように「すごかったね……なんか、テレビの『野生の王国』みたいだったね～」と少々おどけた慰めの言葉をかけると、「そうだったね！」と、意外にも少々笑顔交じりの落ち着いた反応が返ってきました。きっと取り乱す大人のエネルギーに本人の分も持ってかれて、逆に冷静になれたのかもしれません。

しかし……逃した獲物はやっぱり大きかった!!

オレゴン州最北端のアストリアにて。休憩中のアザラシ。

(*1) 世界各地の動物の生態系について紹介する日本のドキュメンタリー番組。1963年から1990年に放送。全米では『Wild Kingdom』として1963年から1988年に放送。2002年に再放送が開始、現在に至る。

サーモン様の好き嫌い?

毎年のように、ポートランドのサーモン釣りの聖地・ウィリアメット川はキングサーモンを目指す船で押し合いへし合い状態。釣りに出る前の準備時間は、お隣の船の釣り人とお話をする時間でもあります。その日の風向きやサーモンの食いつき状況などの情報を交換したりします。

釣り前の栄養補給に、と船上にてバナナをほおばった私を見た隣人が、いきなり大きな声で“Oh, No !”と叫ぶではないですか! 何がOh, Noなんだろう? と周りをキョロキョロする私を、今度は指差して“No ! It's a taboo !”とまた叫ぶ!「え〜 ?? もしかしてアジア人禁止……? まさか〜……?」と、段々汗ばんできた私。すると埒(らち)のあかない様子に笑いながら、キャプテンが私に近づいてきて「バナナを船に持ってきたらサーモンが釣れないって迷信があるんだよ」と教えてくれました。「え〜、なんでもっと早く言ってくれないのさ〜、もう今日は釣れないじゃん……」と半べそ顔で隣人を振り返ると、肩を震わせてのクスクス笑い。ポートランドの釣り人は非常に迷信深い……日本人と良い勝負かも、いやそれ以上だわなどと思いながらも、どうしてバナナ? という素朴な疑問が。一生懸命考えた結果、「バナナの皮で滑ってサーモンを逃すから」というのが私の推測。とにもかくにも、バナナの皮をサーモンの目に付かないよう慌てて隠し、いったん船を岸に着けてもらうと一目散にゴミ箱へ。サーモン釣りにはバナナがNGだったとは……いかなる理由があるにせよ接点が無さすぎる。熱帯地方のフルーツ・バナナと寒流が故郷のサーモン。もしかすると「風が吹くと桶屋が儲かる」方式なのかもしれないですね。理由はいまだに分かりませんが（*1）、言い伝えに従うアメリカ人が同じ日本人の心を共有するようで、何だか嬉しい発見でした。

（*1）後日気になって調べてみると、バナナは中央アメリカから船で北アメリカへ運ばれて来ますが、昔のバナナには毒グモが付いていることが多く、このクモに噛まれると激痛だけではなく運が悪ければ死に至ったそう。その為、船員たちは危険なバナナの荷役に回されることを“Bad Luck”だと嫌がったそう。これがいつしか「釣り船にバナナ」＝“Bad Luck”という迷信になったそうです。

ポートランドの四季・夏

エネルギーのサイクルを感じるファーマーズ・マーケット

夏はファーマーズマーケットの季節。地元の農家が丹精込めて育てた野菜や果物、ジャムやチーズ、ハムなどの加工品から手作りの雑貨まで店先に並びます。マーケットでは食べ物を扱うため犬の入場はお断り。そこで登場するのがドッグ・シッター（犬の一時預かり）。残念ながら、私が行っているマーケットでは保険のことや手薄のボランティア事情などで打ち切りになってしまいましたが、以前は飼い主が買い物する間、マーケットの外にある木、1本ずつに犬たちがつながれてボランティアの方々が犬を見てくれるというシステムがありました。他のファーマーズマーケットでも犬用の囲いが作ってあり、買い物の間ドッグ・シッターが犬たちを見ていてくれます。

ファーマーズマーケットで様々な犬を見られるのも楽しみの一つでした。他人なんかどうでもいいという不愛想な子もいれば、大喜びで誰にでも愛情表現する犬、飼い主から離れて寂しそうな犬など種類も性格も様々。マーケットの野菜・果物に劣らず犬も多様で実に面白いです。同時に感心するのは、飼い主はもちろん犬を飼っていないアメリカ人たち。ポートランドの人たちはみな犬の種類についての知識が実に豊富なのです。飼ってもいないのにどうしてそんなに犬のブランドや性格を知っているんだろうと、いつも驚かされます。私なんか毛がふさふさで小さな犬は、全てマルチーズ。なのにアメリカ人は犬の掛け合わせ品種についてまでも意見交換しています。あまりにも周りが博識なので、基本的な犬の品種を聞くことが恥ずかしいけれど、聞くは一時の恥、聞かぬは一生の恥。マーケットに行くたび、一時の恥を何度も繰り返しています。

ある日、可愛い犬たちや、美味しそうな旬の野菜や果物に綺麗なお花などを眺めながらマーケットを歩いていると、懐かしいギターの音色が聞こえてきたのです。「このリズム……昔スペインの路上で聞いた大好きなスパニッシュ・ギターのメロディだ」と、吸い寄せられるように音へと足が進んでいきました。マーケットの端の方で演奏していたのは、フラメンコに影響を受けたというギタリストのおじさん。本職は、メインストリームから外れた若者たちを助ける

カウンセラーなんだとか。青空の下、こうやってアーティストが音楽を奏でてくれるのもマーケットの良いところ。ますます気分は癒

されていくのでした。お客にとってのファーマーズマーケットは新鮮な食材の宝庫。アーティストにとっては自分を表現できる舞台。人々が手間暇かけて育てた食材やこしらえた食べ物、そして練習を積んで披露される音楽。皆の努力とポジティブなエネルギーが詰まったマーケットだからこそ、こんなに気持ちがいいのでしょう。素晴らしい気の集う場所にいるだけで、自分のエネルギー補給になるのです。

ファーマーズマーケットの食材は新鮮で美味しく、農家からそのまま直接買うことで農家の人の気持ちが伝わってくるのを感じます。だから食材を大事に使って調理する自分にも気づきます。食するまでの全ての過程でエネルギーが紡がれていきます。大地から私たちの口に入るまで、全ての過程でこんなにもエネルギーが注がれる食材からは、どれほどのエネルギーと栄養を戴けることでしょう。台所を預かる一人としてこのエネルギーのサイクルを常に感じ体に取り入れたい、とファーマーズマーケットは感じさせてくれるのです。ちなみにここ数年のファーマーズマーケットでの驚きはブランデー、ウォッカ、ジンといったハードリカーの出店です。ワイナリーの多いオレゴンならではのワインの販売試飲はあったものの、最近は地元醸造のハードリカーがその数を上回り、地元で流行っていることが一目瞭然。ファーマーズマーケット帰りは代行運転なんてことにならないように、いつも泣く泣く試飲を断念しているのです。

採り放題？　食べ放題？
ポートランドの肥沃な大地が与えてくれるもの

初夏になると、ブルーベリー、ラズベリー、ストロベリー、ブラックベリーなどなど、あらゆるベリー類がマーケットの果物部門の主人公になってきます。ポートランド近郊には沢山 You Pick（*1）農家があり、週末は家族連れやカップルで大賑わいです。特に多いのがブルーベリーの You Pick。日本の物より大粒で肥えた土壌の栄養分が詰まった味がします。私も息子もブルーベリーが大好きで、夏になると毎週のように農家へ出かけていきました。

そんなある日のこと。バケツよりも口がいっぱいの息子を諭しながら一生懸命摘んでいると、遠くの方から大きな声が聞こえてきました。“Don't keep eating so much ！（そんなに食べてばかりいるんじゃないよ～！）” と名指しで息子に叫ぶ父親の声。食べ放題じゃないのは皆も承知。でもみんなが摘みながら､口にするのも暗黙の了解。だから畑中にこだまする声で皆に宣伝しなくてもいいのに～と思いながら見ると、反省した様子で摘んだブルーベリーをバケツに入れようとしている息子。良い戒めになったと思いきや、そのままニッと笑ってパクッ。それを見た私も思わず笑顔で口にポン！ やっぱり楽しまなきゃ～（笑)。

中心部から車で 10 分も走らないで色々な自然体験が楽しめるポー

トランドは、狭さや食文化が日本に近いだけではなく、シャクナゲやアジサイなど、日本の花と同じものが沢山咲きます。またポートランドには、全米でも有数のバラ園 “International test rose garden” があり、「バラの都」と言われる程に、初夏には色とりどりのバラがあちこちで咲き乱れます。ただ、一つ大きく違うのは植物のサイズ。「さすがアメリカ！」と驚いてしまうくらい、すべてがLLサイズなのです。

以前、自宅の庭に育った巨大なヒマワリの、大人の顔以上に大きいヒマワリの種の部分を見た友人に「これは食用なの？」と聞かれたけれど、それを聞きたいのは私の方。気が付いたら巨大化してたのだから……この巨大サイズを育む土をまじまじと見つめ手に取っ

て、「あなたたち土は一体何者……？」そう真剣に問いかけたことすらありました。その謎が解明するのは、息子が釣り人宣言をしてからのこと。釣りの餌にと、庭の土をいじっていたら巨大なミミズを発見！専門家に聞けば、粘土質の土壌のミネラルがうんぬん、と説明してくれるのでしょうが、理科で習った知識で満足してしまう私には、「大きなミミズは肥えた大地のしるし」と、ミミズの成長の度合いでその肥沃さに非常に納得がいったのでした。

(*1)「自分で採る」という意味。日本で言う「○○狩り農園」。You を略して U-Pick と書くところも多い。

夏の風物詩は期間限定？

7月4日はアメリカの独立記念日ですが、6月23日から7月6日までの間、スーパーの駐車場などの空き地に花火屋さんが期間限定でオープンします。日本と違って花火の販売や使用期間などは法律上定められているため、花火はこの時期に限り販売されるのです。州によって法律が違いますが、ポートランドのあるオレゴン州は特に規制が厳しく、噴煙サイズは高さ6フィート（182.88㎝）幅12インチ（30.48㎝）を超えるものは違法と決まっています。オレゴンは木や植物が多いので、彼らを傷つけないよう噴煙サイズが抑えられているのです。お隣のワシントン州では、オレゴンで売られていない大きなサイズが購入できると、ドラッグの密輸ならぬ違法花火持ち込みをする人がいます。もちろん、打ち上げた時に、音と花火の高さでハッキリと解るので、取り締まりに向かう警察官を目撃したこともあります。

日本の夏の風物詩の花火。こちらで花火屋さんがやって来ると、子供の時楽しんだ夏の夜の花火を懐かしく思い出します。花火が添えられた「金鳥の夏、日本の夏……」なんてテレビのCMさえ懐かしい限り。そんな時日本は五感の効果で夏を涼しく過ごすという、とても情緒のある国だということを実感させられます。風鈴、団扇、浴衣、流しそうめん、ラムネ水――音や見た目で清涼感を得るとは、なんと感覚の優れた人々なのでしょう。ちなみに、私の知る限り唯一公共で行われる花火大会は7月4日独立記念日と大晦日。日が暮れなければ始まらないので、夏の日没時刻が9時半以降のこちらでは開催が10時近くになるのです。打ち上がるまで、折り畳み椅子やブランケットを持っていきピクニック気分で待つのですが、皆さん待ち疲れて眠りに落ちかけた時に花火の音で目を覚ます、日本の風情ある花火大会とはまた違ったユニークなイベントです。

犬の散歩とスプリンクラー

夏の散歩はやはり早朝に限ります。日が落ちてくれば少しは涼しくなると思うかもしれませんが、こちらの最高気温は日中ではなくて、夕方4時から5時頃がピーク。太陽も9時半過ぎなければ完全に沈まないので、暑さは一日中続くのです。ただ、日本と違って過ごしやすいのは湿気が少ないこと。だから日本の夏と比べれば、文句を言える立場ではありません。朝日の光もとても強いので、犬の散歩も日の出前の早朝がベストです。何といっても空気が澄んでいて静か。涼しい空気が身を引き締めて眠気も払い去ってくれ、とっても気持ちが良いのです。

でも、一つだけ気を付けなければならないのが、どこからシュシュッと水が出てくるかわからないスプリンクラー。ギラギラ強い日差しに葉が焼かれぬよう、日が昇る前に水まきをするため、どの家庭でも早朝にスプリンクラー始動が設定されているんです。ほぼ同じルートを歩いていても、全部記憶できているわけでもないし、きっかり同じ時間に毎日散歩しているわけでもないし、時々地雷のように襲ってくる時もあるのです。いきなり「シュシュ！」と足元から水が吹き出すと、人間の私だけでなくてうちの犬も一緒になって焦ってるからおかしくなります。いくら夏とはいえ、早朝は濡れると冷えやすくもなるから要注意。5年以上ポートランドに住めば寒さには慣れる！とどこかで聞いたけれど、一体どこからそんなホラ話を仕入れてきたっけな……。それでも、早起きは三文以上の得。平和な静寂と澄んだ空気はお金では買えないですからね。今では早朝の散歩が習慣となっています。

キャンプ、引っ越し、ただの移動

夏のポートランドは、ジメジメした冬とは打って変わって、お日様のサンサンとする乾燥気候。つま先から頭のてっぺん、体の中まで全てを太陽にさらそうと、アウトドアの満喫時期に移ります。水遊び、ハイキング、サイクリング、釣りなどの大自然をエンジョイできるキャンプへ出かけるのは、アメリカ人にとって夏の定番のアクティビティ。キャンプ場使用料は安い、高速道路料金も無い、ガソリン代だって航空券より安い、と特に家族連れにとっては、安く楽しく健全な夏のレジャーなのです。アメリカのキャンプはとても本格的。車の上にも、後ろにも、乗せられる所には、これでもかと家族人数分のキャンプ用具や自転車、カヤックまでをも積みこんで出発。ハイウェイを走る荷物ぎゅうぎゅう詰めの車を目撃する度に、キャンプだな～とこちらの心も弾んできます。落ちないようにしっかり縛って、慎重にゆっくり進む車もあれば、「構わぬ、急げ！」と気短かに突っ走る車も。そんなせっかちさんに加えて、荷物を結ぶのが下手な人がいるから困ります。

あれは確か私たち家族がキャンプから家路についた、ある夏のハイウェイでの出来事。3台前の車の荷台に何か大きくて丸い円盤状のものが積まれているなと気づいた瞬間、荷がほどけて、その大きくて丸いものが急に飛びあがり、そのすぐ背後の車めがけて落っこちてきたのです！「うわぁぁ～っ!!」と3台後ろの私が大声を張り上げたくらいですから、その前の車の中は一体どれだけパニクっていたことか！ すると……その円盤はバウンドして転がり始め、前の車をスルリと避けてこちらにやって来るではありませんか！！ でも、ハイウェイ３車線の真ん中の私たちに逃げ場はないし、急停車だってできやしません。もう、ただただ祈って突っ走るだけ！「助けて神様、仏様、クリシュナ様！（*1)」すると……その大きくて丸いものは幸いにも私たちの車を避けて、どこかへ転がっていってしまいました。あとで冷静になって思い返してみると、どうやらあれはBBQグリルの蓋だったような。

他にも、時々ハイウェイに落ちてしまった様々なものを目撃します。大きなものでは、なんとベッドのマットレスやソファー。前方から転がって来た自転車の車輪が私の車の真ん前を直撃したことも

キャンパーを引いてキャンプに出かけるアメリカンファミリー

ありました。車輪が跳ねながらこちらに向かって転がって来るのが見えても、3車線の高速真ん中を走っていた私には逃げ場なんてありません。できることは同じく、「うわぁぁ～っ!!」と叫ぶだけ。車輪が目の前まで来たと思ったと同時に、「ドンッ」と大きな音と振動がしました。私はただ、ハンドルを取られないように必死で強く握っていました。すると、車は同じスピードのままスムーズに、バランスを崩すことなく走り続けたのです。外灯の光のない暗闇の夜、転がる自転車の車輪からは火花が散って見えまるで映画の一場面。何とも恐ろし気な光景でした。ボンネットが凹みさえしなかったのは奇跡！ まさに不幸中の幸いだと、身をもって感じたアメリカのハイウェイ。後で落ち着いて我に返り、うろたえて大声をあげた自分に滑稽さを感じて、最後には大笑い。間一髪で命拾いに感謝、感謝でした。

ところで、アメリカのキャンプに欠かせないものをご存知ですか？ それはマシュマロです。木の枝にマシュマロをさしてキャンプファイヤーで焼いて食べるのですが、丸焦げになるまで焼くんです。ファイアー！ となっているマシュマロの炎を消して、真っ黒になったのを食べようとしたアメリカ人の友人に、思わず「わあ～、Stop ！」と叫んだものです。でも私の知る多くのアメリカ人友人らは黒焦げマシュマロが大好き。焼いたマシュマロを、チョコレートとグラハムクラッカーで挟んで作るのは、キャンプの代表的なデザート。甘いものを甘いものでサンドイッチにするんですから、そりゃもう激甘……でも、なぜかキャンプファイヤーの前で食べると美味しく感じてしまうんです。雰囲気なのか、私もアメリカナイズされてしまったのか、それとも焦げマシュマロの黒魔術にかかってしまったのか（笑）、今でも謎です。

ボーイスカウトのキャンプより

（*1） ヒンドゥー教の神。

ポートランドの四季・秋

新学期

アメリカの新学期は9月。日本の桜とは全く逆、ポートランドは紅葉の季節です。それよりも私が驚いたのは、小学校から大学まで、全部の学校に入学式がないということ。学校が始まる前、様々な手続きで学校を訪れる日があってもそれだけで、入学を祝う式があるわけではないんです。季節や行事の始まり「けじめ」を大事にする日本人にとっては、「せっかく人生の新たな舞台が始まったのに……」と、どうしてもいい加減すぎる始まり方に思えてしまいます。初登校の日、先生方には “Welcome（ようこそ！）” とは言われますが、「入学おめでとう！」とは言われません。日本とはえらい違いですよね。

学校生活が始まっても特別なことはしません。アメリカは個人主義だから、各自で好きなように祝うのかしら？ 親しい人たちを招いてBBQとかやるのかな？ と、いきなり始まる初日に戸惑うのは、子供よりも日本の文化で生きてきた親の私の方だったみたいです。それでも、やっぱり何かお祝いがしたいと、息子が選んだメキシカンレストランで祝うことに。お祝いの赤飯の代わりにメキシカンだろうが何だろうが、人間、節目節目で自分の努力、これからの目標などを噛み締める時間ってのは大事なことだと改めて実感しました。日本のように学校や世間が節目を作ってくれない自由の国アメリカでの日常に流されぬよう、自分が意識しなければならぬとひしひしと思ったのでした。ちなみに、アメリカ人の友人に日本では卒業式には紅白饅頭という和菓子をもらうんだよと話した時、当時は「どうせならケーキが良いのに～」なんて、「和菓子」ということにテンションが低かったことを思い出しながらも、めったにお目にかかれない紅白饅頭の物言わぬメッセージを感じたことを覚えています。そうか～卒業したんだ……と、じ～んと感じさせてくれるものが紅白饅頭には確かにあったのです。特に学年の節目が感じられないアメリカの生活を体験すると、紅白饅頭の意味深さ、ありがたさを強く感じます（年を重ねて和菓子が好きになったから、ではありませんよ～笑）。

食べ物、そして、形式が人に与える影響というものは、その瞬間と、その時にはすぐには分からないインパクトを後になって与えてくれるもの。私たち日本人が形を重んじるところには、形と一緒に心もあるから。節目を付ける文化にはその意味深さを重要に感じるのです。その代わり、アメリカではベビーシャワーだとか、誕生会などの「個人」の節目のお祝いは盛大で、来てくれた人たちへのお土産を皆に配るほど、日本人と同じように気の細やかさを持っているということにも、アメリカに住むようになって程なく知りました。

Back-to school

Back-to school（*1）といって、新学期の始まる前になると、お母さんたちが学用品のリストを片手に文具品を買い求める時期があります。学校によってそのリストの内容が異なるので、リストを忘れたら買い物することができません。学校で注文できるシステムがあっても、スーパーで買った方が安上がりだし、リストの品がなければ他のお店をあたるか入庫を待つか。お店によっては目玉商品の安いノートがあったりするので、何軒も見て回ってどこのお店を選ぶか、それも個人の自由。Back-to school の時期には文具品がセールになり、大抵のものが半額以下の大特価。例えばノートが通常 2 ドルのところが 10 セントになったり、信じられない値段が付けられます。逆に日頃の文具品の高さに気付き驚かされるくらい、Back-to school の時期は破格すぎるお値段。「真ん中ってないの？ アメリカって不思議だわ……」と今でも買い物しながら思います。Back-to school の文具品に限らず、シーズンオフの衣類も同様なのです。季節を過ぎたというだけで、新品の服が最終処分 70 ～ 90％オフですよー！ もう、殆どタダ同然に感じてしまいます。持ってけ泥棒ってこのことだわと、アメリカのスケールの大きさをここにも垣間見るのでした。

（＊1）学校に戻る＝「新学期」という意味。

スクールバス様

新学期は、黄色のスクールバス走行が始まる日でもあります。アメリカのスクールバスは、とっても特別な車で、法律に守られた絶対権利があります。例えば、スクールバスの上部、両端にある赤いランプが点き、うちわのようなSTOPサインが脇から出されると、後方車はもちろん、対向車も一斉に停止しなければなりません。子供たちの安全のために、赤ランプが消えるまでは、一時停止ボタンを押されたように、世の中がピタッと止まって見えます。動いていいのは子供と迎えの親だけ。

初めてこの一時停止に遭遇した時、アメリカでのスクールバスの威厳をまざまざと感じさせられました。「スクールバスは単に黄色いミツバチみたいな可愛いバスじゃない。これは、路上の女王蜂・スクールバス様だわ……」などと心でつぶやきながら、子供たちを徹底して守るアメリカの法の在り方に感銘を覚えたのでした（訴訟の国アメリカですから、自分たちの身も守るという意味もあるのかもしれませんが）。あの赤ランプは絶対王権のシグナルのようで、何年も見てきたにもかかわらず、未だにその威厳を感じさせられずにはいられません。スクールバス周辺にずらずらと並ぶ車を見れば、その絶対権利がなおも強調されているようで凄いな～、と一人車内で感動するのでした。「子供のために自分の行動を一時停止する」というルールは、スクールバスに限らず、私たちの忙しい日常生活の中でも、ふとした時に使われるといいなぁと感じさせられました。「もっとこっちを見て！」と掲げる、子供から親へのシグナルのように。

ハロウィーン（1）漫画『ファミリー！』の思い出

10月31日はハロウィーン。友達の勧めで高校時代読んだ『ファミリー！』(*1) という漫画の世界で垣間見たハロウィーンがとても印象的で、それからずっと、いつか体験したいと思っていました。そして、20歳の年にアメリカに留学して、初めて念願のハロウィーンを体験することとなったのです。

が……時すでに遅し。基本キッズやローティーンのものであるハロウィーン。大学生の私に残されたTrick or Treat実現の夢は、せいぜい子供たちの付き添いとして家々を回ること。当時カンザス州に留学し、ホストファミリーがいたのですが、幸い4歳児のホストブラザーがいたことで、実際Trick or Treatができないにしても、彼と一緒に家々を回る機会をもらえたのです。コスチュームはというと、女の子に人気なのは妖精やプリンセス。男の子の定番は、バットマンやスーパーマンといったスーパーヒーロー。私のホストブラザーはスパイダーマン。付き添いの私も蜘蛛の巣を胸に張り巡らしたトレーナーと蜘蛛が2匹頭上でビョーンと揺れるヘアーバンドを着用しました。自

分がやっと憧れのハロウィーンを体験するにあたって、大好きな『ファミリー！』の中でも一番心に残っているエピソードに入りこんだような気がして、思わずウルっとしてしまいました。

それは、幼いジョナサンが初めてハロウィーンに参加するエピソードで、ジョナサンのために家族がウサギの衣装をこしらえるのですが、ハプニングが起きて結局ウサギが「なすび」になってしまうのです。そんななすびコスプレのジョナサンがある家へ“Trick or Treat！”と脅かしに行くものの、逆にそこのヤンキーメイドに驚かされてちびってしまうのです。それをもくろみ結果を予測していたメイドは、一行に「お菓子より替えのパンツが欲しいの手あげな～」と尋ねるというユーモア。大笑いさせてくれるけれど、ジーンと心温まるこのエピソードを読んで以来、ハロウィーンに参加したくてたまらなかったのです。

そして私の初ハロウィーン当日。カンザスの乾燥地帯、しかもまだ秋だったのにもかかわらず、まさかのみぞれ交じりの雪！ 路上は滑って危険だし、とにかく寒い！ 何軒か回っただけでもう限界、早々に家路についたのでした。しかしそんな短い時間でも印象に残ったのは、子供以上にはまって仮装して待ち受ける大人たちの存在。リアリティありすぎる怖～いモンスターがドアを開けた瞬間、大人の私だって後ずさりするくらいですから……たま～にいるんです、こういう悪気なく子供を泣かせてしまう大人が！ ドアが開かれた瞬間出てきた恐ろしい怪物に小さな子供たちは恐れおののき、泣き出してしまう……すると家主は焦ってお面を取り、謝りながらチョコを差し出すのです。いつまでもハロウィーンを楽しむ無邪気な子供心を忘れない大人たちの姿は、きっと怖い仮面の下に大きなハートを隠しているハロウィーンにそぐわないわないキャラクターの持ち主たち。漫画以上のドラマが展開されるハロウィーンでアメリカのリアルな文化を体験でき、みぞれの中でも私のこころは温まりました。

(*1) LA 在住のアンダーソン家にまつわる、恋と友情と家族愛を描いた長編ホーム・コメディー。渡辺多恵子（著）小学館文庫。

ハロウィーン（2）ついに……デビュー！

アメリカでの生活も3年が過ぎた10月31日。どうしてもあきらめきれないTrick or Treat。23歳、もうこれを逃せば後はない……時と共に年は取るばかりだし思ったが吉日。決めた！ 一生に一度のハロウィーン体験を逃してなるものか！ と、何かで役に立つだろうと思って日本から持ってきていた袴を取り出し、顔には流れる血を描く。ポニーテールを結び、友人が持っていた刀を借りて腰に差す。名付けて「撫子ゾンビ侍!?」背が低いこと、アジア人は若く見られること、仮装すれば年は何とかごまかせる……という3つを自信に変え、更に背の高い友人を付き添いの親役に向かえていざ出陣！

一度言ってみたかった“Trick or Treat”だけど、いざドアの前に立つと緊張しまくって、どうしてもドアのベルが押せない。お祭りとはいえ知らない人のお宅訪問、ついでに子供じゃない私。心細くなって後ろを振り返ると友人が親指を立てて、GOOD！ の合図。こっちは全然グッドじゃないんだけど……と思いながら腹を据えてドアベルを鳴らしました。すると、私の心配とはよそに家主の方はとっても親切で、袋代わりに持っていった枕カバーにチョコを一つを入れてくれました。沢山の子供たちがやって来るので、各家の配分はだいたい1人1個と決まっています。ホッとしたのと同時に、一人でTrick or Treatデビューする小さな子供たちは、きっと私以上に心細い心境で後ろで見守る親を振り返り、緊張してるんだろうなあ、と思ったのでした。実際、緊張して言葉が出てこない子を何度も目撃しました。そんな時、気の利いた家主は「何て言うの？」とヒントをくれるのです。すると、ハッとしたかのように、もしくは、はにかんで“Trick or Treat”と言って袋を差し出すのです。それが本当に可愛いくて……。

私が子供に化けてTrick or Treatへ向かった時代は、まだ子供たちはもらったお菓子の山を嬉しそうに眺めながら毎日ちょっとずつ食べていたのに、今やアメリカも健康志向の時代。子供がお菓子を食べ過ぎないようにと、もらってきたキャンディーとお金を交換する親がいたり、学校によってはキャンディーを買い取ってくれる歯医者さんに寄付して、その量を他の学校と競い合ったり。そのキャンディーの行方はというと、異国にいるアメリカの兵士たちへ激励と共に送られるのだとか。何ともアメリカらしいキャンディーの合理的かつ理想的な処理の仕方に感心したのでした。その一方で、戦利品の中にハロウィーン用の小型サイズではなく、普通サイズのチョコを発見した時には「お～でかした息子よ～！」と、子供以上に喜ぶ甘いもの好きな親たちもいます。私はこの素直で無邪気な感じが人情たっぷりで良いなあ～と思います。親も子も、ハロウィーンくらい今夜は無礼講と好きなだけお菓子を食べてみるのもいいじゃない！ 歯医者さんが買い取るキャンディーもごもっともで名案なのだけれど、この「わ～い、やった～！」と、キャンディーを宝の山のように囲んで弾む会話と歓喜がやっぱりたまらない！ 最近のアメリカナイズされたハロウィーンに納得はしながら、私も幾つになっても素直で無邪気な喜びを持っていたいな～と思ったりするのでした。

紅葉

アメリカの春は桜で驚きましたが、秋はもみじにも驚かされました。日本の紅葉の代表であるもみじは、アメリカに存在しないと勝手に決めこんでいたからです。ところがここポートランドでも、一般家庭の庭や学校などの公共の場所など、あちこちでもみじが見られるのです。更にイチョウの葉も発見、秋の紅葉でも日本さながらの景色を演出してくれるのです。ただ、美しいだけなら良いけれど、困ることも日本と同じ。うちの裏庭には、柏の木や楠の木が何本もあり、落ち葉がひらひら舞う様は美しくも、掃き掃除のことを考えると恨めしい限り。家を購入した時には、広い庭と木々の美しさに秋の落ち葉のことなんて考える余裕なんてなく、現実を知ったのはその秋のこと。不動産のおじさん、どうして忠告してくれなかったのよ～！と彼を恨めしくも思ったけれど、結局決断したのは自分たち。悪いことの中には必ず良いことがあるのだから！とまたポジティブ探しを即座に始めるのでした。

一方で、終わりのない枯葉

集めのお手伝いにうんざりしている息子は「僕は将来、絶対に庭のないアパートに住む！」と宣言する始末。アメリカの子供たちは、町内会の清掃活動などがありません。枯葉集めは汗水たらして一生懸命労働するいい機会だわ、小学生の息子の精神鍛錬に枯葉集めは丁度いい！ と、一人悦に入っていたら、結果「庭は持つべからず」の発想を生むことになるなんて、トホホ……。そんな私の見込み外れをよそに、枯葉は舞い続けるばかり。私の住む町では通常のゴミ収集では間に合わない人たちのため、この時期に枯葉持ち込み特設場が設けられ、枯葉一袋に付き缶詰２個と引き換えてくれます。ポートランドではよく見かける助け合い運動で、フードバンクという低所得者や食べ物の必要な人々のために市が行っている試み。季節ごとに様々な取り組みがあり、秋は枯葉収集の御礼に食べ物を差し出すというわけです。

とにもかくにも、マイホームを買う時は四季全てを総括して、室内だけでなく外の環境をしっかり考慮すべきだと学んだポートランドで過ごす初めての秋でした。紅葉が子供に与えるイメージは、美しく色づいた木々でもなく焼き芋でもなければ、「将来の住居像」ってこともあるみたいですから（笑）。緑の多い場所は秋の枯葉も多い……当たりまえのことに気づかないことって意外とありますね。

雨の季節

秋が更け寒くなるにつれて、ポートランドは雨が多くなってきます。この時期は毎日のように雨が降りますが、日本に比べ傘をさす人がダントツに少ないんです。はっきりした理由は未だにわかりませんが、傘を持たない友人に聞いた理由で多いのは傘をさすのが面倒、少々濡れてもOK、レインジャケットで事足りるということ。でも、この時期のポートランドは日本の梅雨のようにずっと降り続けますし、公共バスや電車を使う人口も多いので、もっと傘をさす人が多くてもいいと思いますがそうでもない。傘も日本のようなおしゃれなデザインのものはあまり販売されていません。ささないから種類も無いのか、種類が無いからささないのか、一体どちらが先かわかりませんが、確かに重くてデザインもいまいちの傘は、お金を出して買いたいとは思いません。かくいう私も未だに折り畳み傘しか持っていないのです。

そういえば、雨の街シアトルに行った時でさえあまり傘を見かけませんでした。これはもう傘はなるべくささないという、アメリカ文化なのかもしれない。傘が沢山売っていたシャレた雑貨屋さんもあるにはありましたが、そんなお店の傘は、ぜーんぶ高くって手が出ない。がっかりして店を後にしたのでした。庶民の傘よ、一体どこへ？ と、日本のコンビニに売ってるあのビニール傘がどれほど恋しく思えたことか。透明で外が見えるから危なくないし、お手軽価格でどこでも購入できる。日本は本当に便利だなあ～と、やまぬ雨に一人コンビニ傘を想うのでした。日本に住んでいた時にはコンビニ傘なんてダサイなんて思っていたのに、今では手離せない愛着の1本になること間違いなし。コンビニ傘一つとっても、日本って本当に気が利いた国だわ、と感心させられるのです。

ポートランドの四季・冬
感謝祭と賢い七面鳥

神に収穫を感謝する「感謝祭」は､毎年 11 月の第 4 木曜日と決まっているにもかかわらず、毎年いつだっけ？ と友人に聞く私は日本人だからまだ言い訳ができる。けれどもここポートランドでも、私と同じく「いつだっけ？」と言うアメリカ人の友人もいて、ここ数年は彼女のそのセリフでシーズン到来を感じています。七面鳥を丸ごと買って自宅のオーブンで焼く家庭が多いのですが、なんとアメリカで一番火事の多い日はこの感謝祭の日なんだとか。家ごと焼いてしまう七面鳥、とは何だかいわくつき……実は私はアメリカに来るずっと前から、この七面鳥と対面したことがあったのです。しかも 3 羽といっぺんに。

九州の田舎で育った私には、祖母の家のニワトリや、学校の近所で飼われていた豚や牛は見慣れた家畜で、特別な存在ではありませんでした。祖母はシイタケなど野菜作りはもちろん、味噌、梅干し、蕎麦、餅、梅酒に干し柿など、季節ごとに収穫された素材であらゆる食べ物を作っていました。そんな半分自給自足の生活だった田舎の生活でも、とても珍しいものがいました。それが七面鳥。虹色のたれ下がったあごみたいなものがその異様さを強調して、体の大きさとけたたましい鳴き声が幼心には恐怖の生き物でした。近所のおじさんはなぜか七面鳥を 3 羽飼っており、私は彼らの近くを通る時にはいつも、ゆっくりゆっくり、挑発しないように、そろ～りそろ～りと進むのでした。その時はまさか、異国の人がこの異様な大きな鳥を食べる習慣があるなど知る由もありません。

見た目の派手な格好とけたたましい鳴き声から、七面鳥＝「恐怖の鳥」とのイメージを持ったままアメリカにやって来たのですが、実は彼らはとっても賢いのです。私の知り合いが七面鳥の卵は美味しいからと4羽を雛から育てたのですが、彼らは飼い主とのコミュニケーションがとても上手。飼い主が出した音をまねて返事したり、犬のように不審物発見の時は警告の為に鳴いたり。子供の頃から抱いていた七面鳥への不気味さは、アメリカへ来てから180度変化したのでした。異国生活から学ぶものというのは、偏見を捨てれば単に文化だけではなく、それにまつわる動物や自然とあらゆるものにまで至ると感じたものでした。ちなみに七面鳥の味は、羊よりも癖がなくもそれなりの独特の味。私は個人的に特に好きではなく、まあ感謝祭だけで充分かな～と言ったところ。七面鳥を食べると眠くなる、とアメリカ人から聞いたこともあるけれど、それはきっと食べ過ぎで眠くなるんじゃないかしら？ なんて思ったりも。感謝祭は満腹になるまで食べる日なので自然現象でしょうか。また、七面鳥は小さいサイズがないから大人数で食べなければ大量に余ってしまいます。そして、感謝祭の後は、どこの家庭でもこの残った肉の使い道レシピを探す仕事に取り掛かるのです。どうしても一度焼いてみたかった七面鳥だったけれど、丸ごととなるとワンサイズの中からなるべく小さ目を探して買うしかありません。何年か前、「今年こそ焼いてみようかな、何事も経験！」と、気合を入れてスーパーで七面鳥を購入し、無事火事を避けて食卓に上った大きなごちそうはテーブルを支配して、それを目の当たりにしてやっと現実に戻ります。うわっ……この巨大な代物３人でどうしよう。半年七面鳥を食べることになるのかしら……いいや、最初で最後かもしれない七面鳥を焼く機会を貰えて、とにもかくにも感謝だわ～！ と別の意味でも感謝した日になったのでした。

クリスマスの風物詩、本物ツリーVS偽物ツリー

クリスマスといえば、ツリーや家のデコレーション、そしてケーキ。アメリカは日本と違い生クリームたっぷりのクリスマスケーキがない代わりに、フルーツケーキがあります。砂糖漬けにしたフルーツをたっぷり入れて作るこのパウンドケーキには、家族代々引き継がれたレシピがあって、これをお世話になった友人たちに配ります。でも実はこれ、正直言って避けたいクリスマスの風物詩。私の出会った99%のアメリカ人やアメリカ在住外国人が苦手なスイーツなのです。理由はそう、とにかくと～っても甘いこと。自分が人にあげたフルーツケーキが、おすそ分けにおすそ分けを繰り返して自分の手元に戻って来た、なんて言う冗談を聞いたことがあるほどに（笑）。

ツリーもブルーベリーと同様“U-Pick”といい、自分で農家まで買いに行ったり、町のお店の各駐車場で売られているものを選んで買ったりします。学生だった冬休み、友人のおじさんの家へ遊びに行った時のこと。おじさんが「それじゃ、クリスマスツリーを拾いに行こうか～」と言うから、「山に切り出しにでも行くのかな？」とついていくと、公園や森で道に落ちている枝を拾い始めました。そう、集めた枝を組み立ててツリーを作るというのです！ こんなクリエイティブかつエコな方法があるなんて～と、この画期的なアイディアに感激したものでした。クリスマスで日本との大きな違いの一つはこのように本物の木をクリスマスツリーに使うこと。感謝祭が終わ

るや否や、みな早速クリスマスの準備に取り掛かります。友人宅やホームステイ先など、様々な家庭で本物の木を使ったツリーの香りから自然のエネルギーを感じ、何とも気持ちの良いものでした。そしてポートランドで生活するようになってからは、自分も一度は本物のツリーを飾ってみたいと思っていました。

そう願っていた数年前、感謝祭後に嵐があり、沢山の木々が折れて道端に落ちていました。それを見て思い出したのは、友達のおじさん家族と一緒に作ったリサイクル・クリスマスツリー。近くの公園や民家を歩けば思った通り、見事な枝がよりどりみどり落ちています。喜んで枝を拾い集め持ち帰り記憶を頼りにツリーを作り上げました。出来上がってみると、まるでセサミストリートに出てくる緑のモンスター、ゴミ箱に住むオスカーを思い出させるリサイクルツリー！ これには、家族一同大満足したのでした。その翌年。今年は本物のもみの木を購入しようか……と思案していたところ、友達で隣人の夫婦がフロリダへ行くから、植物の水やりを条件に、ツリーを１本をくれるというのです。即 OK ！ と返事をして喜んでいたのは、ツリーを運ぶ直前まで。いざ貰いにいくと、超巨大な樹木が横たわっていました！ サイズについて深く考えていなかった私は呆然、果たしてうちにそんなスペースがあったっけな……？ などと不安いっぱいで家に持ち帰ると、やっぱりツリーのてっぺんは天井にくっついて我が家にはでっかすぎる代物……ツリーを支える容器も何だか不安定でグラグラしているし。途方に暮れながらも、日本の住宅事情に比べてだいぶ豊かなアメリカに来てさえも、結局こんな格闘をしているなんて……と、ふとおかしくて大笑いしてしまいました。

22 年前の初めてのリサイクルツリー

2015 年の手作りツリー

クリスマスプレゼントは炭！？

クリスマスを前に、アメリカの子供たちはサンタさんへ、プレゼントのリクエストリストを書きます。そしてクリスマス音楽を掛けたりして、クリスマスまでドキドキワクワクしながら楽しい毎日を過ごすのです。でも、そこには大きな落とし穴もある、とアメリカに住むようになって初めて知ったことがあります。学生の時には聞いたこともないアメリカの習慣でした。それは子供を持って初めて知ったこと。クリスマスは楽しいことばかりではなく、悪ガキにとってはまさに試練の時。なんと、サンタさんは悪い子にはリクエストされたプレゼントの代わりに炭を置いていくというのです！

なんてひどい発想……と思いながらも、7歳になった息子には丁度良い戒めになるわと、早速「おりこうさんにしてないと、プレゼントの代わりにサンタさん炭を置いてくんだって～」と伝えたものです。息子もちょっと顔が引きつりながらも、“OK……”と返事してくれました。

クリスマスまで2週間を切ったころ。宿題をさせたりお手伝いを頼む時など、「サンタさんが見てるよ～！」と言う回数もだいぶ増えてきました。そして、その日も同じように「サンタさんが……」と言いかけると、息子は急に「うわぁ～っ！」、と半泣き半ギレ状態になり、「もう、どうせ僕は炭をもらうんだぁ～っ!!t」と叫ぶではないですか。しまった！ と焦る私。かわいそうやらおかしいやら、なんとか慰め、なだめ、気持ちを持ち直させ、クリスマスに彼はやっとこさ、炭の代わりにプレゼントを手にすることができたのでした。

ホントにNew Year!?

意外かもしれませんが、アメリカの新年は何とも味気ないもの。テレビ中継で目にするNYタイムズ・スクエアでのド派手なカウントダウンは、アメリカの大部分ではテレビの中の出来事。大晦日に自宅でパーティーをする人もいますが、元日はいたって静かなもの。日本では、除夜の鐘を聞きながら新年へ時が移ります。煩悩が清められ新しい自分になって新年を迎えるような、とても神聖な時間でした。私にとってそんな特別な日なのにもかかわらず、こちらでは全く普段と変わらず、ただ、お店が若干閉まっているかな～といった感じ。特別な行事も意識もそれほどないので、日本人の私が何かをしない限りは「お正月」はないのです。

けれども、息子が所属するボーイスカウトでは、毎年クリスマス後の最初と次の土日は年に1度しかない資金集めの活動日。クリスマスが終わっても、大みそかまでツリーを飾りっぱなしの家庭も多く、クリスマス直後と年初めが一番の収穫時。地区の家々を回ってツリーを回収し木を細かく砕いた後、リサイクル業者に買い取ってもらったりします。新年を迎えたら早速始末したいという人々が多いので、スカウトと家族にとってのお正月は、逆に一般のアメリカ人よりも忙しい時期で祝日感は皆無。もしも、日本人の感覚で「正月くらい休みましょうよ～」なんて言えば二度と口をきいてもらえない……というのは冗談にしても、1月最初の土日が例え元日に被ったとしても決して休める雰囲気ではない皆の意気込みを感じます。ちなみに2016～2017年は、クリスマス後の最初の土日がよりによって大晦日と元旦のダブル攻撃！ 勿論出動でした……。あぁ、影も形も無くなってしまった私のお正月……こころで祝えばそれでよし！ 涙をぐっとこらえるハッピー？ ニューイヤーでした。

多国籍、老若男女、みんな一緒になってできること

でもやっぱり一つでも何か新年のけじめが欲しいということで、4年前から書初めをしましょうと思い立ち、生徒や友達・知り合いなどを交えて書初め大会兼ポットラック（*1）を始めました。参加者は老若男女、人種問わずの様々。書初めは個人の「新年の抱負」を書いてもらうので、それぞれの書きたい言葉を聞き、日本語訳して、更に書きやすい言葉に代え、意味を伝えて、書き順を教えて……と、準備段取りに非常に時間とエネルギーを要するのです。けれども、それぞれの参加者にとっては、今年一年の計をここに掲げる！ しかも筆と墨で！ という大仕事になるわけで、とても特別なことなのです。そう思うと私もそれぞれの抱負を書きながら､成就しますように、と願わずにはいられません。毎年そちらにエネルギーが向きすぎるせいか、参加者皆さんの抱負は覚えても、決まって自分の書初めは忘れてしまいます。息子が小さかった頃、子供にご飯を食べさせたら自分も食べた気分になっていた、なんて、そうやって自分の食事すら覚えていない時期があったことを思い出し、無性におかしくなってしまいました。

出来上がった参加者の作品をそれぞれ台紙に貼り付け和紙で飾りつけし、ずらりと並べ鑑賞できるようにします。お酒も交えてそれぞれの抱負、もしくは書道とはかくあるべき等について分かち合うのも楽しみの一つです。異国の土地で、自分が提供できることで新

年を始められることをとても嬉しく思いましたし、参加者の方々もとても喜んでくれました。毎年やって来る家族の方には、「うちの新年の恒例行事になりました！」と言われ、本当に嬉しい限りでした。

これまでに、大筆の代用で藁ボウキを使ってデモンストレーションをしたり、書初め開始前に高野山真言宗のアメリカ人僧侶の興彰さんにお経で心を整えてもらったり、この取組みに共感してくださった、ダンス歴50年ポートランド在住のダンサー波岡淑子さんにイベント終了後に踊っていただいたりと、毎年書初めだけでなく、新年にふさわしい魂に呼びかける何かを織り込んで開催しています。人には、けじめとリセットというものが大事です。そして、新たな目標やそれを共に分かち合える人と場所も。目標は個人それぞれでも、一緒に頑張ろうとする人々と共にエネルギーを感じ、分かち合える時間というのは実にパワフルです。参加者は多くのポジティブなエネルギーに囲まれて、志を胸にスタートしていくのです。どんなに

大変でも、この新年の書初めが私にできる人々のための洗心の行になるならば、自分を含め、参加したいと願う人々のためにも続けていきたいと思っています。

（*1）参加者が一品ずつ持ち寄って行うパーティー

Take a rest

オレゴン、ポートランドには素晴らしい滝が沢山あります。四季を問わず、自然を手軽にそして深く体感できるパワースポット・滝。ポートランドを語るにはやはりこれは外せません。ここで皆さんも、しばし滝に打たれてみませんか。

Multnomah falls: マルトノマフォールス

Ponytail Falls: ポニーテールフォールス

Sahalie falls: サハリーフォールス

Ramona Falls: ラモナフォールス

Silver falls: シルバーフォールス

＊スピリチュアル：ただ感じるだけ、それでいい。それがいい。

ポートランドの四季・番外編

東京の中のポートランド

ある朝、ラジオでNPR（*1）ニュースを聞いていたら、“Japan～……”と聞こえてきました。ラジオやテレビで“Japan”と聞くと全神経がそこに注がれます。放送された内容は、ポートランドが日本でブームになっていて、こちらで人気のドーナツショップ「ブルースタードーナツ」が代官山に開店したとのこと。ついこの間そんなニュースを聞いたばかりだと思っていたら、いつの間にか既に２号店、３号店も東京に出来たとの話（*2）。抹茶ドーナツもあるというから日本人には親近感も湧きます。しかも典型的なアメリカの甘さはなくて日本人好みの甘さ控えめ。ポートランド・ノースウエストにあるノブヒルの１号店へ行ったことがありますが、自然なフルーツ味のアイシングに、アメリカのスイーツでは珍しい繊細さを感じました。

渋谷には“PDX”（*3）の名の付いた地ビール屋さんが登場したとか。ポートランドは全米で地ビール生産量ナンバーワンなだけに、日本上陸は納得です。また、先日帰国した時、品川区がポートランドと姉妹都市だと聞きました。どうりで迫力ある力士グラフィティーが目を引く天王洲のボンドストリートには、ポートランドブランドを扱うお店があったり、ポートランド産の塩や地ビールなどが置いてあるオーガニックカフェがあるわけだと納得しました。

実はオレゴン州と日本の関わりの始まりは鎖国時代にまでさかのぼります。1848年、北海道の焼尻島（やぎしりとう）に上陸したオレゴン生まれのラナルド・マクドナルドさんがその始まりとなった人物。スコットランド人の父とアメリカ・インディアンの混血だった彼は、どこにもフィットしない自分の存在に疑問を抱くなか、親戚からアメリカ・インディアンのルーツは日本だと聞かされます。鎖国下の日本へ、死罪をも覚悟しながらどうしても自分のルーツに迫りたいという想いで果たした決死の入国だったのです。その後、彼は日本に英語を伝えた最初の英語の先生として歴史に名を残す事となります。彼の碑は生誕地オレゴン州アストリアにあり、焼尻島には上陸記念のトーテムポールが建てられています。

Bond st. 品川

このラナルドさんの波乱万丈人生ストーリーはとても興味深いものですので、関心のある方はぜひお調べになってみください。

（*1）National Public Radio。アメリカの非営利・公共のラジオネットワーク。

（*2）現在は日本国内に7店舗【2017.2.20 現在】

（*3）ポートランドのこと。ポートランド空港の略称ＰＤＸを、地元では愛称としてそのまま使う。

ポートランダーの地元愛

ポートランドは、西部開拓時代よりも前の1851年に創設されました。そして、今でもその当時の古めかしさと新しさが共存し互いを生かす街。そんなポートランドに住む人々がいかに地元を愛しているのか生活するうちに段々気付いてきたのですが、その地元愛がストレートに伝わってくるのがTシャツや車に貼るステッカーです。ある時ポートランドのSE地区（*1）で面白いTシャツを見つけました。それは、この街に引っ越してくる人が多くなって困ったポートランダーの心境を表現したもの。アメリカ合衆国の地図上に「ポートランドはここ！」と矢印の付いたデザインなのですが、その矢印が指す場所はコロラド州。その下には“Keep Oregon Secret！（オレゴンがどこかは内緒のままで！)”との文字。ストレートなアメリカンジョークに、辛辣なポートランダーの必死な気持ちが溢れています。

特にお隣のカリフォルニア州から越してくる人が非常に多いことから、それを嘆いたステッカーにこんなものがありました。オレ

ゴンの州を形取ったステッカーに書かれているのは“Welcome to Oregon”ではなく“Welcome to California”の文字。それだけオレゴン州はカリフォルニア人の人口が多くなり、「ここって、もはやカリフォルニア州だよね～↓」という意味の皮肉です。

でも、カリフォルニアからの移住民にとって、ポートランドで暮らすにはそれなりの問題もあります。年間の降水量が少なく車のワイパーも殆ど使われずに窓ガラスに張り付くのが茶飯事のカリフォルニアから来た人々は、ポートランドの冬の雨季に心がついていけないのだとか。どんよりジメジメの暗い日々に鬱気味になってしまうカリフォルニア人も少なくないとラジオで聞いたことがあります。冬は何とか室内での過ごし方を工夫するようにして、それに打ち勝てるならば他の素晴らしい季節を満喫することができる、冬の雨を味方に付けた人が御褒美に四季折々の美しさを楽しめるという訳で

す。暗い冬を過ごす価値がある程にポートランドは素晴らしいってことなんですね。ちなみに私たち家族はポートランドに引っ越してくる前、コロラドから下見を兼ねて一度ポートランドへ行ってみようと遊びに来たことがあります。選んだ季節は敢えて冬。この悲惨な時期（笑）にさえ耐えられれば楽しく住めるはずと思ったのです。結果は言わずもがなこの通り～！

私が地元紙に書いているコラムでポートランド観光局のチーフマネージャー・ジェフリーさんを取材した時のこと。ポートランドの魅力が何なのか聞くと、彼はこう答えました。「全てがGentle……気候、人、生活のスタイルは穏やかで温か。素朴で気取らない。ただひたむきに愛することに没頭する人々の街。自然と共にあり、常に芸術的で摩擦が少なく住みやすく生きやすい。だから愛してやまないのです」と。

(*1) 川を挟んだ東側：南東

ホットなニワトリ

アメリカの中でもポートランドには、リサイクル、自然保護、オーガニック、といったエコな思考を持った人間が多く、都市部でもニワトリを飼ったり家庭菜園を楽しむ人たちが沢山います。

その内の一人のお話。ある時「鳥のフンはホットなのよ！」と、子供の友達の誕生会で嬉しそうに話すお母さん。「ホットって何……？」と私が心でつぶやいてると、続けて答えがありました。それは「鳥のフンは残飯を早く肥やしに分解してくれる優れものなのよ！」ということ。何しろそのバースデーボーイの家はダウンタウンから車で10分もかからない都市部にあるのに、家庭菜園でニワトリを何羽も飼っていて残飯も肥やしにするという徹底したエコぶり。子供の誕生会で鳥のフンについて学ぶなんて当時の私は思ってもみませんでしたが、今となってはそのポートランドらしさが当たり前になってきて、「鳥の品種は何？」とスムーズに会話が続くようにもなりました（笑）。近所にある息子の友人の家でもニワトリを飼っていて、その子の日課がニワトリの餌をあげることでした。仕事をさぼって家に遊びに来ていると、彼のお姉さんがやって来て連れ戻すというお決まりのパターンでした。面倒そうにしながらも慌てて家に帰っていく姿が懐かしく思い出されます。

周りがこんな感じだと、新鮮な卵も毎日食べられるし、ニワトリの１羽でも飼ってみようかという気にもなってきます。この思考の始まりが、ポートランダーの一歩だったと今になって気づきます。環境というものは驚異的ですね。でも、思えば私が育った田舎の環境がそのままここに存在していました。私にとって、懐かしくて当たり前の自給自足的な生活。忘れていた、自分にとっての「自然」がポートランドには流れていたのです。

＊自然なあなたに自然とマッチする自然こそ、あなたの自然！

自転車族

ポートランドでは自転車で通勤する人たちを多く見かけます。彼らはプロのような装いで、日本人が想像するチャリンコ族とはちょっと違います。中でも多いのは、風切るタイトなサイクルウェアで、ヘルメットには小さいバックミラーを付け、夜間走行用の点滅ランプもあちこちに装備。住み始めて5年くらいはずっと「どこのチームの選手かしらね～？」とすれ違う度に本気でそう思っていました。時には面白い形の自転車に乗っている人もいます。寝そべり状態でこぐペダルやゴーカートっぽいペダル式。形は何であれ皆共通してプロ仕様ルック。

車を運転していたある日、そんなプロもどき自転車族に混じって必死にペダルをこぐ新参者を発見。プロっぽくなく普通の身なりで一生懸命な彼は、ちょっと小太りな、いかにも最近路上運転始めましたといった感じの走りっぷり。「こういう普通っぽい人がこいでいると、私も頑張ろうって気になるなぁ」と微笑ましく見ていたら、その後方から風のように現れたプロもどき自転車族の男性。「あ～、後ろから来たよ！ 抜かれるな～頑張れチャビちゃ～ん」(*1) と車の中で声援を送っていたのに、やっぱり越された……はぁ～残念！ 声の届かぬ車内で声援を送って、私も彼を背後に見送ったのでした。

このようにポートランドではプロ仕様の自転車に乗っている人が多く、日本で愛用されているママチャリは殆ど見かけることがありません。その一方で、自転車に子供を乗せるカートを繋いで引っ張って走る親も多くて、これがまた微笑ましくも頼もしい。「自分一人だけでも結構疲れるだろうに、後ろにカートを付けて2人も乗せちゃうんだ～」と目撃する度に尊敬させられます。降っても照っても、自転車族は健在です。健康のため、環境保護のため、そしてきっと楽しくって気持ち良いから自転車はやめられないのでしょう。私もチャビちゃんを見習っていつか自転車族デビューを果たそうと心に誓っています。どんなに身が重くても頑張って自転車をこぐ人たちは、あっぱれ！ 日々忙しさに流されている私は完全に気持ちで彼らに負けている。だからこそ目標を定め頑張らなければ！ と、彼らから喝を入れられています。あの時偶然目の前で必死にこいでいたチャビちゃんに感謝するこの頃なのです。

自転車が単なる移動手段で終わらないのがポートランド流。自転車発電で自分のスムージーやスーパーフード (*2) を作るスタンドがあったり、ペダラウンジという10人以上の乗客が力を合わせてペダルをこぎ町を回るツアーもあります。元はオランダ人の発明ですが、自転車クレイジーのポートランドにはぴったりの発想だったわけです。2時間半のライドにはガイドが付きますが、進み具合は乗組員の力次第。参加資格は21歳（アメリカの成人年齢）以上。お酒を飲みながらのペダルこぎは禁止ですが、地ビール店など4カ所くらいに途中下車して観光するそうです。

＊スピリチュアル：人がどう思おうとも、ひるまない、あきらめない。信じて前進！

（*1）ぽっちゃり＝Chubbyということで、愛情を込めて付けたニックネーム。

（*2）栄養バランスに優れ、一般的な食品より栄養価が高い食品。

のほほんドライバー

自転車族を気づかって、ではないでしょうけれど、ポートランドのドライバーは非常にのんびり屋さんが多いです。全米で交通・道路事情ワースト2位と言われたデンバーで運転していた私にとって、ポートランドでの運転は鹿児島の田舎を思わせるのどかさ。みな優しく譲り合いが多くて、逆に事故を起こしそうなくらい。制限速度以下で走る車がいるなんて、ここに来るまでは日本でもありえなかったこと。青信号になってもボーっとして動かない車もよく見かけるけど、真後ろの人がクラクションを鳴らすこともめったになく、待つこと10秒なんてこともありました。さすがに待ちかねた3台後ろの車がクラクションを鳴らすなんてこともあったっけ。私はクラクション鳴らすのが好きではないし、まぁいいか～と待つことが多いけれど、青信号でも進まない列に付いてしまった時は、まるで時間が止まったかのように感じておかしくなります。「心にゆとりがあるのか、それとも言いたくても言えない人が多いのかしら。人種によっても違うのかな？」なんて、様々な思いを巡らせていると、遂に待ちかねた誰かがクラクションを鳴らして、先頭は焦って出発するといった状況。

何か否定的なことが起こっても、気が付けば「面白いこと探し」を始めている私は、そんな「のほほん族」が多くても気にならないのですが、ある日制限速度以下で走っている自分に気づいた時にはさすがに「ドキッ」としました。人は環境に順応してくるとはいえ、こんなところに順応しなくても……（汗）。遂に私もポートランダーの仲間入り!? けれども、譲り合う心で生まれるゆったりした気持ちは、路上にいながらポジティブエネルギーの波動を人々に送れる、私にできるちょっとした社会貢献かな～、と感じたりもします。イライラ運転は人と人が直接コミュニケーションしなくても、車から車へと伝染していきますし。ポートランドに来てからは運転中もゆったり、仏の心と共にいられると感じさせられ、やっぱりのほほん族が良い、とゆったりうなずくのです。

ポートランドの暮らしは、忙しさに追われる現代の生活でゆったりすることの大切さを感じさせてくれます。時間は変えられないけど、心の持ちようは変えられますから。例えば、アート創作の時に持ち合わせた2時間。たったの2時間しかない……ではなくて、2時間もある。だから、できる！ と思う。時間を自分にゆったりと持たせる。リラックスできるから自分の想像力が高まりやすくて、握った筆がそのエネルギーと調和してゆきます。インスピレーションはこんな時に宇宙の果てまで広がっていくのです。

＊スピリチュアル：ゆったり運転中は瞑想の心。急ぐ1分をゆとりの1分へ。世界平和は自分平和から。

ポートランドの日本文化

ポートランドには日系人も多く、「憩いの会」という日系人向けのランチ＆アクティビティのプログラムや、「さくら会」というボランティアで日本語を教えるグループもあります。ここ何年かの間には、日本のラーメン屋さんも登場して、これでやっと日本の食文化が揃ったかな～とひとりジーンと感動しました。ポートランド在住の日本人向け地元新聞に､隔月で私が担当している記事「頑張る日本人」(*11）のインタビューの度に、こんな所にこんなに凄い日本人がいるんだ！と感動してやみません。

「ポートランド日本庭園」(*2) は、世界でも屈指の日本庭園の一つ。季節ごと､お盆やお月見など雅やかな日本の行事も行っています。お盆では、夜にろうそくを池に浮かべるセレモニーがあるのですが、引っ越して来て初めての年のお盆、見知らぬ年配女性が、私たち家族の写真を撮りたいと一眼レンズを見せて微笑みました。後日、彼女から大きく現像された写真が送られてきました。なんて親切なストレンジャー！これこそ生粋のポートラン

ダーとの初遭遇だったのかもしれません。

ポートランドに来て私が最も心動かされた日本に関するイベントは、この日本庭園でのお月見でした。尺八の音色と共にオレンジ色の月がオレゴン富士（*3）を隣に据え、ダウンタウンの真上をゆっくり昇る情景は、忘れられない神秘的な空間でした。まさかアメリカで自然と一体になりながら、日本の伝統を体感できるなんて思ってもみませんでした。

イベントの後、オレンジのお月見の余韻に浸りながら、日本各地で行われる伝統行事に思いを馳せていました。きっとまだ私の知らない素晴らしい日本の伝統が、日本各地でこうやって行われているに違いない……そして、いつか日本を1周して各地の風光明美な伝統行事を現地で体験したい、と思ったのでした。外国にある日本庭園で、自分が日本人であることをいっそう意識させられ、日本文化を愛する人々に出会い、更にその素晴らしさを感じさせられる。「故

郷は遠きにありて思ふもの」。こんなに遠くに来ないとわからなかった日本の素晴らしさ。私たちは、時々、自分の環境の外に出なければならないのかもしれません。

＊スピリチュアル：自分の中の日本の心は、自分の原点。原点を知るために、ちょっと外から自分を眺めてみること。

(*1) P.90『私の仕事』で後述。

(*2) オレゴン州ポートランド市西陵のウエストヒルズに位置する、約 22,000 平方メートルの敷地を持つ庭園。1963 年、東京農業大学教授の戸野琢磨により設計された。

(*3) 正式名称を Mt.Hood（マウントフッド）。オレゴンの大自然の中でもシンボル的存在。

英語になった日本語

行事やイベントでなくても、我が家の愛犬にも日本文化の浸透を感じることがあります。ポートランドにやってきて4年目、Willamette Humane Societyという動物愛護協会から譲り受けたマラミュートとラブラドールの雑種を、「日本人の飼い主に巡りあったのだから日本の名前がいいなぁ～」と、「もち（餅）」と名付けました。ポートランド郊外には、あちこちにドッグパークがあるのですが、そこでは出会った飼い主と愛犬の情報交換が始まります。まずは名前から自己紹介。"My name is……" ではなく、犬の名前の紹介からがポートランド流。日本語の発音で「もち」の名前を言うと反応が悪いので、MOCHIの、Oにアクセントを入れてmOchi、と言うようにしています。すると、「あ～！ アイスクリームね～！ それってすっごくいい名前！」と皆さんの目が輝きます。というのも、日本の雪見大福風のアイスクリームが、こちらでは "MOCHI" として販売され大人気なんです。

これもポートランドに来て知った驚きの日本文化の浸透性の一つ。“No, Rice cake ！（*1）” と最初は一生懸命説明していたけれど、そのうち必死に説明する自分もむなしく「ケーキもアイスクリームも同じスイーツじゃん……アメリカの誕生会では必ずこの２つは１セットだし～」と割り切るようにしたら、自分でも可笑しくなってしまいました。「アイスクリームのMOCHIよ～」、と言えばコミュニケーションもスムーズ。今では時間がない時はアイスクリーム、時間があれば餅、と愛犬の名前の意味が変化しているのです。でもまさか日本の食文化の浸透が、犬の名前に影響しようとは……先日も散歩中、「あら、アイスクリームちゃん～！」と声をかけられ、きょとんとするもちをよそに、一人内心大笑いするのでした。

＊スピリチュアル：こだわらず、流れに身を任せるもよし。

（*1）英語で「餅」のこと。固形の食べ物を “cake” ということから。

健康志向と環境保護と？

健康志向の多い街の象徴でしょうか、ポートランドには歩く人やランニングする人々が沢山います。また、年間を通してマラソンや自転車レースも盛んです。個性的であることがステイタスでもあり、時にちょっと風変わりな街とも言われるポートランドですが、その代表ともいえるイベントは、2004年に始まった素っ裸での自転車ライドでしょう。「石油に頼らず私たちの環境を守ろう」とのメッセージを込めた、夜間に約6マイルで行われる老若男女、誰でも参加自由のサイクリング "World Naked Bike Ride"。回を重ねるごとに人気も認知度も高まり、2016年には参加者1万人の大台を突破しました。参加者は裸体と自転車にペイントで絵やデザインを施し、派手な帽子やお飾りをアクセントに身にまとったりしてライドを楽しみます。ボディーや自転車に描くアートのアイディアがネットで紹介されているくらい、アートにも力が注がれています。私は実際には目撃したことがないのですが、偶然そのレースに出くわした友達は、噂通りの光景にびっくり仰天、目のやり場に困ったことを教えてくれました（笑）。皆さんも、一度参加したらこの後ちょっと人生変わるかも⁉ 私ですか？ いや、いくらポートランダーに足をつっこんでいても、こればかりは "No, Thank you ！"

＊スピリチュアル：たまには自分をさらけだして楽しむ！

橋の街

ポートランドは橋の街としても知られています。街の中心を流れるウィラメット川がポートランドの街を東と西に分け、その東西をつなぐ橋が全部で12。去年完成した一番新しい橋は、ポートランド初の「自動車以外」のための橋。私の誕生日に開通式が行われたおかげで、個人的にも親近感があります。渡る自転車と人の数を表示する電子掲示板が設置されているのは気が利いた演出だと感心します。ポートランドらしさが溢れたこの橋の名は “Tillikum Crossing”。アメリカインディアンの言葉で「人」という意味。公共バスや電車は通るものの、人を中心に考えて建築された「人のための橋」なんて、なんともポートランドらしいです。

歩く人、走る人、自転車の人が多い町だからこそ造られた橋。そして、それだけ人を中心にした街づくりをするポートランド。車を

降りて街を歩いていると、自分が「大事にされている」と感じられ、歩く人であることに誇りと自信が湧いてきます。人の基本的な行為、歩くことの大切さはポートランドに来てから改めて感じさせられたこと。素早く通り過ぎてしまうだけの道も、ゆっくり歩けば普段は見えないものに気づきます。何度も通る道でも、知らないことがあったことに気づきます。歩いていれば何かに気づいた時、すぐに立ち止まることもできます。色々な考えも浮かんできます。だから私はできるだけ、このポートランドを歩きたいと思っています。

＊スピリチュアル：歩いて健やかな体と感性豊かな心を！ 未知との遭遇、自分との遭遇は歩くことから！

ワインと食

オレゴン州は、ピノ・ノワール（*1）の産地としても有名で、ワイナリー巡りも楽しめます。ワインについて何も知らなかった私が、ここにきてピノ・ノアールに出会い、安くはない嗜好品ワインの美味しさを知ってしまったのは良いやら悪いやら……同じワイナリーのピノでも、年によって全然味が違って美味しくなかったりと、毎年同じ味が楽しめるわけではないのも魅力の一つ。失敗もしながら独学でワインを学んでいます。一般的に軽くて飲みやすく、白ワインを好む女性にも気に入ってもらえるのではないかと思いますし、ポートランドの気候と食材ともよくマッチするワインだとも思います。

全米で食文化がナンバーワンとポートランダーが自負するほど、ポートランドでは食のイベントが盛り沢山。フードカート（*2）が

街の名物にもなり、あちこちで賑わっています。最近ではフードカートからレストランへ進化するお店も数多く出てきています。更に近年、ポップアップレストラン（*3）というものが登場して、食のシンクタンクの定評を持つポートランドの人々を刺激しています。様々なシェフが入れ替わり立ち代わり美味しいディナーメニューを提案してくれるポートランドらしいユニークな企画のレストラン。私もいつか行ってみたいと思っています。

*スピリチュアル：食べ物は体も心も、想像力も豊かにする。

(*1) フランスのブルゴーニュを原産地とする葡萄の品種。紫みを帯びた青色の果皮を持ち、主に醸造に使用され、赤ワインを造る代表的な品種の１つ。

(*2) 車を改造したキッチンカーで、調理したての料理をテイクアウトで買うことができる。

(*3) Pop up = ひょっこり現れる。空き店舗を有効活用しようという試みから始まった。

愛すべきポートランダー

ちょっと変、だけど愛すべきポートランド人。地元愛の賜物でしょうか、そんな自分たちを題材にしたテレビドラマ、『ポートランディア』(*1) が2011年から全米放映を開始しました。あるあるネタがふんだんに盛り込まれた第一回目のエピソードを見て、大爆笑しながらも納得! 大げさのようでそうでもない。本当にポートランドの人ってこうなの? と他州の人に聞かれた知り合いは、「そうだよ~!」と即答したそうです。

ちなみに第1話の始まりはというと……カップルがレストランで地鶏について質問すると、ウエイターから、名前や生年月日の書かれた地鶏のプロフィールが差し出されます。その鳥の生い立ちをメニューのごとく読む二人。そして、どうしても見たいからと、レストランを出てそのニワトリの生まれ育った場所を視察へ行ってしまう2人……嗚呼! 食に、素材に、環境に、究極にこだわる愛すべきちょっと変わり者のポートランダー!

***スピリチュアル:探求心は必ずあなたをどこかへ導き、何かの発見へとつなげてゆく。**

(*1) スケッチ・コメディと呼ばれるスタイルで、数分から10分程度の短い話で構成。ポートランドに住んでいる個性的な住民たちの姿を描く。

私の仕事

この辺で、私がここポートランドでしている仕事についてお話ししたいと思います。人と自然の調和したポートランドに来てから、仕事も私自身と調和したものにご縁があるようになってきました。ライター、霊気施術師（*1）はポートランドが始まりの地ですし、そこまで熱心ではなかった書道も、仕事としてポートランドで育まれていくのでした。

ライターとしてはポートランドに引っ越してきた2007年にデビューしました。越して来て間もない時に見つけた日本人向け新聞はそれまで住んでいたコロラド州にはなく、日本人の多いポートランドならではのものでした。興味深く隅々まで読んでいると、「ライター募集」の広告が目にとまりました。元々書くことが大好きな事と、日本で短大生の時、毎日提出のジャーナルなど大量に書かされた経験があったので締め切りの恐怖は克服しているし、何かしら書けるでしょう～と思い応募したのです。以来、地元日本人向け紙『夕焼け新聞』の中の、主にポートランド周辺に住む日本人の半生を紹介する「頑張る日本人」というコーナーを担当しています。インタビューしながら一緒に大笑いしたり、考えたり、時には涙したり。一人一人、それぞれの人生模様はどれも感慨深く素晴らしくて、執筆中はその方の人生を自分も辿ってきたかのような錯覚に陥ることもしばしばです。これまで、70人以上の方の人生を辿らせていただきました。

直伝霊気施術師のはじまりは……って、そもそも皆さん「霊気」ってご存知でしょうか？ 霊気は日本発祥の心身改善療法で、戦前の日本では100万人以上の方が実践しておられました。自然治癒力の促進、病状や痛みの緩和などの心身改善と共に、心配性やたばこなどの悪癖の改善も手助けします。日本ではカタカナ書きで「レイキ」として知られていますが、日本製の洋食器「ノリタケチャイナ」と同じように海外で広まり逆輸入的に日本で知られるようになりました。私も海外へ出てからレイキを知り、直伝霊気に出会ったのです。

私が霊気を知り、学ぶまでにはちょっとしたストーリーがあります。全く興味もなく、実は避けていたレイキでしたが、宇宙から「避けてはいけない」とのサインがあり、直感に従いアメリカ人の先生から西洋レイキ（*2）を学びました。学ぶにつれ、どうしてもオリジナルの霊気を学びたくなりネットで検索すると、カナダ在住で直伝霊気の大師範（*3）の岡崎真理さんのホームページを見つけました。ホームページによると、真理さんは毎年、直伝霊気代表の山口忠雄先生のセミナーを主催されていると知り「これは行くしかない！」と、すぐに1週間のバンクーバーセミナーに申し込みました。セミナーでは霊気の知識だけに留まらず日本の歴史や自然の営みと日本人の関わりなども学び、氣を重んじる日本人の中に存在する霊気をより強く感じ、嬉しさがこみ上げると同時に日本人であることに誇りを感じました。その後、更に学びを深めたく、スペイン・バルセロナで行われた初回直伝霊気世界大会にも参加しました。『水からの伝言』

（*4）の著者で水の伝道師として知られる江本勝先生がゲストスピーカーとして招かれており、個人的にお話をする機会に恵まれました。江本先生は、波動という概念を日本中に広めた方で「水はエネルギーや情報を保持し伝える媒体である」ということを発見されました。世界中で講演されている江本先生は「ポートランドにも講演に行きたいから計画してね」とおっしゃってくださいましたが、それから2か月後に他界されてしまいました。現在師範格の私は霊気好きに大変貌しました。

そして、日本ではそれほど情熱を持てていなかった書道ですが、これも仕事としてはこのポートランドが始まりの地。これまで疑問に感じていた書の世界への理解と様々な人に教えることにより、今では私の大きな部分を占めているものとなりました。ポートランドに引っ越した2007年、ポートランド郊外にある日本庭園での十五夜お月見イベントで書道のデモをしました。以前、ライターの仕事で庭園専務のブルーム氏をインタビューしたことがあり、それがご縁となって依頼を受けたのです。更に、その時の参加者から書道を教えて欲しいとのリクエストがあり、翌年の2008年から日本文化が大好きなアメリカ人生徒3人と書道クラスをスタートしました。内2人は初心者。出したお茶に間違って筆を突っ込んだ生徒がいたり（笑）と、当時が懐かしく思い出されます。そもそも私は山、川、海がぜんぶ自分の家の庭みたいな感覚で育った鹿児島の田舎生まれなので、自然の中を探検することが大好きでした。両親は木や植物、花を見る度にその名前や性格なども教えてくれました。自然への興味が深まった私は奇麗な形や色の枝、草木に葉っぱ、花を遊び道具に使うようになり、様々な色彩やデザインにも興味を持っていました。アメリカで自由な創作アートを作り始めてから、そのアイディアの基盤にあるものは、鹿児島と両親に育まれた自分の冒険心と自然を愛でるこころだと気づきました。冒険の先には発見があります。何か美しく、興味深いものを見つけます。自然の中で輝く興味深いものたちがインスピレーションを呼び起こすのです。自分の中から湧き起こる全てを駆使して表現したいという情熱が形になったものが、後のパートで紹介する、書道とアートをミックスさせた「書アート」となったのです。

先日、これまでに描いた作品を世界に向けて紹介できる素晴らしいチャンスに恵まれました。2016年の春、世界中のデザイナーとアーティストを結ぶVIDAという企業から招かれ、VIDAアーティストとして活動を始めたのです（*5）。VIDAでは、アーティストが創ったアートを、デザイナーが洋服、スカーフ、バッグなどの雛型に合わせてカスタムメイドし制作。なので私がすることは自分のアートの提供だけ。こうして、これまでに創作してきた作品がファッションアイテムとして新たな命を吹き込まれました。3人のモデルさんが私の服を着て写真撮影した時は、まるで私までプロデザイナーになった気分でした。人々が身にまとうことにより、アートに動きが出てきます。そして自分の魂を込めたアートのエネルギーで充たされた服が人々を幸せで包み込む……それは私の願いの一つでもあったので、このVIDAからの招待は大きな夢実現の一つとなりました。

ノースリーブ：雲の中の龍

カシミアシルクのスカーフ：水

(*1) 正式名称「心身改善臼井靈氣療法」。1922年に臼井甕男（うすい・みかお）によって開発された手当てによる癒しの技術。

(*2) 海外で普及した霊気が1980年代後半に日本へ逆輸入の形で入ってきたもの。一般的に「レイキ」と言えば西洋式レイキを指す。

(*3) 初傳受講をすると霊気を使えるようになり、奥傳受講後に施術者に。必要条件を満たし、師範格、師範へ。最高レベルは大師範。

(*4)「水に言葉をかけると結晶の形がその言葉に影響される」とし撮影された結晶の写真集。

(*5) VIDA・ERI ページ。日本でも購入できます。

https://shopvida.com/collections/voices/eri-fukase-1

アメブロもやっています。「ルーマン恵里」で検索してください。

書道・瞑想書道・書アート –三位一体書の世界

伝統的な稽古から書を学んだ私のベースには「書道」がありますが、魂の中に、伝統の枠を超え書道自体をも超えた「瞑想書道」が存在します。そして魂と筆の動きが瞑想空間で自由に表現されたとき、「書アート」が誕生します。書道、瞑想書道、書アートこの3つが繋がる三位一体の世界が私を宇宙へ連れて行ってくれるのです。

現在、私の書道教室には子供の生徒が11人通っています。いわゆる「美文字」を書く教室ですが、筆の動きや自分の感覚も重視しています。伝統的な書道教室ではなく、「瞑想」を織り込んだ習字教室です。というのも、通常の書道教室では感覚については教えることはありません。お手本に習う字＝習字であって、個人の感性や感覚と文字習得が共存する必要がなく、それが目的ではないからです。感覚重視の他、私の教室ではお手本を子供と一緒に決めます。従来は先生が与えたものを有無を言わさずに練習しますよね。子供の年齢・学年から適切な練習の文字を先生が知っているからでしょう。けれども、子供の集中力は限られています。好きでないと続きません。書きたい題材の方が一生懸命に取り組みます。彼らのレベルの範囲内で選ぶように導きますが、どうしても難しい字を書きたければ書かせてみます。百聞は一見に如かず、私が言うより実際書くことで難しさを知ります。それで自分のレベルと、書きたい文字とを自分で考え選ぶことができるようになるのです。通常の書道教室ではまずしないことです。

集中できない子がいたら、文字を書くことはやめてもらいます。いい加減に書くなら書かない方が良いからです。無意味に雑な筆の動きを繰り返してそれを脳にインプットしない方が良い、そう思います。ただ書けばよい書道教室にはしたくありません。やるからには何かを感じ、学び、喜びを得て欲しいと思っています。そこで、私の教室では筆の動きの入った絵を描いてもらいます。それは、私が考えた瞑想書道のアイディアがベースになっているものです。例えば、クリスマスツリー。子供は木を書きながら、筆の動きを練習していることになります。絵を描くことは皆大好きです。なので、筆の様々な動きを絵にして、絵を楽しみながらも筆の動きを学んでいるという仕掛けにしています。子供の性格によってはある種のプライドを感じる子もいます。幼稚な絵よりも、知的に文字を書きたいのです。特に、ひらがなよりも難しい漢字を「自分は知っている」とばかりに書きたいのです。知っていること、新しい知識を表現したい、すごいねと褒めてもらいたいなどの気持ちが伝わってきますから、それを表現する場も与えてあげたいと思います。まるで心理カウンセラーのように対応していると思う時があります。個人の性格とその日の集中力、体調などを見てその日にできる書道をしてもらうからです。時には書道セラピーだと思ったりもしています。

生徒の中にはとても繊細な子供もいます。ある女の子は、瞑想書道の私のテキストから練習しています。最初の頃は文字を書いていましたが、一緒に練習している年下の子と自分を比べてプレッシャーを感じたりしていたので、その繊細な想いにより書道から心が離れ始めていたように感じました。殆どの子は絵を書いていても最終的には文字を書きたがりますが、彼女は別でした。私が提案した瞑想書道のテキスト与えると表情が変わりました。それ以来、彼女は文字ではなく瞑想書道のテキストを組み合わせ、絵を描いています。瞑想書道テキストを提案した日、ちょうど彼女の母親から今後の取組みについて私に相談しようとしていたと聞き、自分の直感に従って良かったと安堵しました。私は書道の先生である前に、子供の繊細な心を受け止め育む導き手でありたいと強く思うのです。子供がこうして喜んでくれた瞑想の書道こそ、元々私がフォーカスしたいと願っている書道の姿だったので、彼女の反応が私にはこよなく嬉しくて、互いの心が輝いた瞬間でもありました。

瞑想書道のテキストは主に自然界のエレメントがベースになっていて、水、山、風など合計14のモチーフあります（*1）。これらはすべて私のオリジナルです。教える中で形が定まってきましたが、ポートランドに引っ越して一人で筆を動かしていて感じた筆との一体感以来、昔から自分の求める書道の形が何なのかがクリアになり、瞑想書道が生まれました。私が常に疑問に感じていた書道の形への答えがこれでした。自分の書道の形としてその名を“Meditation Arts：瞑想アート”と掲げて9年ほどになりますが、瞑想だけに焦点を当てたテキストが出来たのは2015年のこと。クラス自体は始めから常に感覚重視でした。力を抜き、呼吸を忘れず、筆の動きを感じる、と瞑想テキストは無くても同じような事をしていました。2017年元旦、瞑想書道のクラスはポートランドのお隣、ビーバートンにある高野山真言宗の発心寺へと場所を代えて再開しました。瞑想書道テキストを使った瞑想に重点を置いたクラスですが、時に生徒が文字を書きたくなったら自由に書いてもらいます。文字のお手本が必要であればそのテキストもその場で書いて渡します。参加者のフィーリング重視なのです。創る空間を強いるのではなく導くことが私の役割だと思っているからです。自己の内側に素直に従い自分を自由に表現する場でもありますから。

書アートも、墨と色を混ぜるという私のオリジナルアート作品。そしてこの書アートは瞑想書道の賜物でもあります。瞑想の域でインスピレーションを戴き筆が動く、それが作品として形になっていくのです。ただ、ここに至るまでにはこれまでの私の人生経験を通して感じてきたことや学びのすべてが、エッセンスとなって瞑想書道やアートに反映されています。そのエッセンスが更にポートランドの気質、人や自然が作る環境に絶妙にブレンドされて調和していったのです。現在、まとまった時間の取れない子育てをしながらの作品創りは、インスピレーションがタイミングよく現れた、時の合間の幻のような時間。短い時間の中で感じたまま、降ってきたままに筆で文字を表現し、言葉とその筆跡に合う色や種類の和紙などで自分なりにデザインを考え表装していきます。伝統的な要素を基本にしながらも、自由表現を加えたアートは「作品」というよりむしろ、「感性」を形にしたもの。お手本を真似る一般的な書道とは真逆に、私の書道アートは言葉そのものを感じ、その感覚に乗って動かす筆の結果。だから文字の形が崩れるのが自然で言葉の意味に寄り添うもの。2次元から3次元へ、平面ではなく空間で言葉のエネルギーを感じる書。それが私にとっての「書アート」なのです。これまでに、日本庭園を始めオレゴン各地域で行われるアートフェスティバルやイベントに出店したり、カフェでのアートショーを開催しました。また、地域団体が行う資金集めのボランティア活動などでは参加者の名前を漢字で書いて喜ばれました。オリジナルの大きな書アート作品は過去の各ショーで3、4作品売れました。無名の私の作品を喜んで買って下さる方々がいることを心から嬉しく思います。

これら、私をつくる、書道･瞑想書道･書アートという三つの「書」。大きなサークル（円）が瞑想書道で、その中に書道と書アートが溶けるように入っているという感じでしょうか。一番の基礎、大黒柱は瞑想書道です。書道は美と完璧性を求める学びと作業、アートは瞑想書道の基本を使いながら自由なエネルギーの作用で表現する筆の舞。瞑想書道が書道に与える影響は私の中では絶大です。でも、私の思いは「全てが一つであってほしい」ということ。それぞれのカテゴリーに分かれるのではなく、瞑想書道スタイルで基礎を学び、筆を自由に動かす自分によって、癒される筆の動きがその「自由」を表現し、その結果それがアートになるということなのです。喜び、自由を感じながら筆が心のまま動くことが書道の基本の中にあるべきで、その結果文字が書ける、アートが出来る。自然の動きが結果になっている。究極は魂の表れを筆によって行う自己の超自然表現。私にとっての「書道」とは、個人の動きや表現を自由にするための練習ということになるかもしれません。瞑想テキストを練習したからといって全ての文字が簡単に書けるようにはなりませんが、それは私の目標でもあります。癒されることは人にとっては大切ですが、同時に達成感を味わうことも大事です。できないことができるようになる努力の結晶は、人に自信と新たなエネルギーを与えてそれも癒しにつながるのです。

自分だけのお箸のように、筆を選ぶのも楽しいもの。皆さんもコンビニや100円ショップで売っている筆ペンで良いので手に取ってみてください。色も自分が気に入ったもので構いません。まずは筆を手にとり魂とイマジネーションの赴くまま自由に動かしてみてください。そして、眼前に広がる躍動と色彩豊かな自分の宇宙を楽しんでください。

(*1) 上段左より、水 (Water)、山 (Mountain)、火 (Fire)、和 (Harmony)。

宇宙愛をこめて

息を吹き返す筆

ポートランドに来て私の中の一番の衝撃的な気づきは、それまで私の人生を幾度も出たり入ったりしていた書道でした。先で触れたように、現在私はポートランドで書道を教えたり、「瞑想書道」のワークショップやクラスを行ったり、私の人生にとってなくてはならないものになっていますが、そもそもの書道との出会いは、母の軽い誘いの言葉「習字やってみる？」でした。

今も昔も新しいことを始めることに躊躇がない私は、7歳の時に住んでいた宮崎県宮崎市で、近所にあった習字教室に通い始めました。なんとなく怖い感じのおじいちゃん先生。そして、書道そのものの記憶よりも彼の小指の爪が異様に長かったことが真っ先に思い出されます。おじいちゃん先生は、少なくとも2センチはあった長いその爪で半紙に補助の線を引いたり、ティッシュペーパーを何枚かサッと取ったり。その華麗な仕草はまるで魔法使いのよう。「長い爪は書道の道具になるんだ」と子供心に納得していました。でも、長い爪を持っていた先生は後にも先にも彼が一人。見た目は怖いけど、どこかお茶目なおじいちゃん先生でした。軽い気持ちで始めた書道をこんなに長い間やっているのは、もしかするとこの時、先生に魔法をかけられたからなのかもしれませんね。それから宮崎から鹿児島に引っ越すと、毎週土曜日地区の公民館で行われていた書道教室に通い始めました。中学に上がると、土日も無いキツ～い練習のテニス部に入部してしまったので、習い事の書道は継続困難になって辞めてしまいました。この時は、授業の毛筆の時間が唯一書道とのつながりでした。

また、小さい頃から武道の精神が好きでもあった私は、高校1年の時友達と警察官による合気道の練習の見学へ行ったことがあります。そこは一般の人の参加も自由だったのですが、練習が夜間なのと場所が遠かったのがネックで断念。その後、通っていた高校に唯一あった武道系の部、薙刀部に入ったのですが、練習や規律の厳しさではなく、自分の想う「道」の精神と一致しないところがあり数か月で退部してしまいました。そしてこの退部が私を更に、次の書道人生へと導いていくこととなるのです。ある日、私の退部を聞きつけた友人が「えりちゃ～ん、部活辞めたんでしょう～？」と、何だか嬉しそうに意味ありげな目つきで声をかけてきました。そして、一緒に書道部に入部して欲しいと両手を合わせて「お願い」の連発。今までこんなに熱心に友達に何かを頼まれた記憶がなかったことと、はっきり「NO」と言うのが苦手な私は、「運動部以外は部活じゃない」と思っていたにも関わらず、文化系の中でも特に地味な書道部に入る羽目になったのです。こうして半強制的に（結局は自分の決断なのですが）書道の道が再開されました。入部してからわかったことですが、うちの書道部では書道の稽古だけではなく、条幅（*1）を表装（*2）したり、焼酎のラベルの文字を書いてみたりと、面白いことも経験させてもらいました。ただ、経験は得たものの情熱は湧かず、書道と自分の距離は縮まらぬまま。短大に進学後は書道部に入部することはありませんでした。書道もこれで終わり！ と思っていたそんな矢先、親戚の習字のおじさんからお習字教室の助手のお誘いがやってきたのです。「バイト料はずむよ！」の魅力に勝てず、また書道の世界へと舞い戻っていきました。気が付けば子供たちの歌のお姉さんならぬ、「習字のお姉さん」と化していました。みんな腕や足に絡みついてきて離れない！ 嬉しい悲鳴をあげながら、子供たちを振り払いながら教えていたことは今では懐かしい思い出です。

(*1) 主に床の間などに飾られる掛け軸サイズの紙。

(*2) 保存や観賞用に巻物や軸に仕立てること。

日本脱出

日本で生まれ育った私は、普通に学校へ行き普通に部活をし、大きな悩みもないごく普通の目立たない高校生でした。ただ、ひと言では説明し辛いのですが、内でくすぶる掴みどころのない現状に対してのいきどおった想いや、どうしても曲げられない意志というものがありました。例えば、内なる声を無視できずに自ら退部を選んだこともその内の一つです。

当時の自分にとって途中で投げ出して辞めるなんて違反行為のようでした。記憶にある限り、これが人生で初めて周りの反応もお構いなしに魂の声に従った行動でした。そして迎えた高校２年の夏に体験させてもらったアメリカ、カリフォルニア州の片田舎グラスバレーでのホームステイ。この１か月の体験が引き金となり、私の心は大きく海外へと開いていったのです。「私は日本より海外の方が生活しやすい」、そう感じたのです。ホームステイで訪れたアメリカは周りの目を気にせず、気楽にいられるオープンな雰囲気があり、私の求める「自己の解放」を許してくれる場でした。

ホームステイから帰国後の新学期、担任の郡山先生からクラス委員を勧められました。海外での経験を生かしてリーダーシップを発揮して欲しいと。人前が苦手な私は普段なら即座に断るものの、先生の真剣な眼差しにこれまでの普通の私のままではいけない何かを感じ、引き受けました。結果、この経験が更に私の知り得なかった自分を発見する機会を与えてくれることとなりました。この時の私の一番の決断理由は「大事な何か」を感じ取ったこと。私がクラス委員を務めている内には、先生が入院したり修学旅行があったり様々な事がありましたが、無事役割を終えた時に感謝の印だと先生から本を戴きました。それは、『もっと、なにかが……』（*1）というタイトルの絵本。添えられた先生からのメッセージは、「豊かな感性に恵まれた恵里さん、あなたは今の自分に満足することなくもっともっと感性を磨いてください。「私にはもっとなにかがある」と、この本の毛虫君が教えてくれるでしょう」。

「もっとなにかが……」と私の魂がざわめく度に、そのざわめきに従っていいんだと思わせてくれる忘れられない恩師の言葉です。「何かが違う……」と感じていた時期に素晴らしいタイミングで戴いた本でした。それからも、もっとなにかが……と求め続け、高校卒業後に海外留学を希望しましたが、両親の強い反対で断念。「新設の『人間文化コース』というちょっと変わったコースがあなたに向いていると思うわ」との担任の先生の勧めで国内の短大へと進学。

この時、海外への夢は心の奥へとしまいこんでしまいました。実はこの人間文化コース選択が、後の人生に影響を与えようとは当時の私は知る由もありませんでしたが。当時10代の私が日本の生活に感じていたことは「違和感」。日本で生まれ育ったのに、そこにフィットしない自分。そうなると自ずと想いはホームステイで体験した海外へ。フォーカスは外、正しいのは外……そう感じていました。10代の私にとって、日本社会の伝統や習慣という言葉を借りて社会が個人に無言で求める「あるべき姿」というのは、とても窮屈なものでした。それに加えて自分自身の考えもはっきりしない反抗期で質が悪かったというのもありますが。そんな想いは心の奥へとそっとしまい、短大卒業後は就職だと思い込むようにして就職を決めました。でも、内定を受けた就職先の方からの温かい歓迎を受けながらも、ここは自分の居場所ではないという感覚がずっと付きまとっていました。

そんなある日、たまにしか会わない友人と会って話していた時、しまっていたはずの海外留学の夢が突然に私の口を割って出てきたのです。すると、あっさり「行けばいいじゃん！」と一言。その瞬間、心の中の扉が「ぱか〜ん」と音と共に大きく開くのを感じました。忘れ去ろうとしていた夢が弾け飛んできたのです。何故突然に留学について語ったのか自分でも解りません。時に相手の存在そのものが、自分の中に眠る大切な事を呼び覚ますことがあるものですね。でも何のことはありません、この思いを止めていたのは他ならぬ自分自身。心の扉を叩くことすらしていなかったのです。知らぬ間に張り巡らせた自分の中の境界線を越えるには、誰かからのタイミングの良い一押しが必要です。素直な友人の言葉と素直な私の反応の絶妙なタイミングが合った魔法の瞬間でした。

海外留学の扉が全開になった私は、反対されることを覚悟の上で両親の元へ。でも、驚かされたのは私の方でした。「あぁ、そう。なら、1年という約束で行ってらっしゃい」と、まるでそれを予知していたかのような穏やかな反応でした。何しろ私の記憶では、高校時代に留学の夢を断固として却下されたカタキ（笑）。けれども、わかってくれっこないと決め込んでいた当時の私を私よりも理解していたのは他でもない両親だったのです。「親というのは、子が思うよりも遥か先を見据えている偉大な存在」これもこの時の実体験として心に刻まれているものです。そして今、親になってから段々とその時の両親の反応も理解できるようになってきました。

短大時代に「今はわからないけど、10年後、20年後にわかることがある」と恩師の三島盛武教授が言っていたことを実際に20年後の私になった今、よく思い出しては簡単に推測できない人生の不思議を噛み締めています。ポートランドの公立図書館で偶然に見つけたNHKの大河ドラマ「篤姫」で、私の故郷・薩摩藩主島津斉彬公が西郷隆盛に言った「人生を点ではなくて一つの広がりとして見よ」という言葉も、今となっては理解できるのです。海外で英語を上達させたいという理由もありましたが、留学の真の理由と目的は日本社会でぎくしゃくしている自分を解き放つこと。でも当時はそんな考えは濃霧の中。英語上達の願望は確かでも、それが目標だと自己暗示をかけて無意識に一般的な理由を自分に与えたのだと思います。

当時、本当に脱出したかったのは、日本からというよりも他ならぬ自分からだったのです。

(*1) 絵と文：トリーナ・パウルス、訳：片山厚・宮沢邦子、篠崎書林刊。

脱出先は……

私の留学先第1希望は、人口より羊の数が多いといわれるニュージーランド。大自然に囲まれ日本人も少なそうという所がとっても魅力的でした。ところが、当時の英語の先生から「将来日本で英語を使いたいならアメリカに行った方がいいよ。日本ではイギリス英語よりアメリカ英語が主流だからね」と、説得力のあるアドバイス。世間知らずで知識も経験も浅い自分より、経験者の言うことを聞いた方が賢明だとニュージーランド行きを断念したのです。

振り出しに戻った留学計画ですが、ちょうどその年、物理の教授としてアメリカ・カンザス州で教鞭をとっていた尾本先生が帰国し、偶然私の学校へ着任してきたことが大きなご縁となりました。アメリカ留学を考えていることを相談すると、嬉しそうに目を見開いて「そうなの！ それはいい～どこを考えてるの？ 小さい町で良ければ、私がいたカンザス州の大学に紹介状を書いてあげるよ！」とのこと。懐かしい異国での記憶が蘇った先生は、当時の思い出も沢山話してくれました。聞くと、彼の教えていた大学がある田舎町のアメリカ中西部は、日本人の少ない地域に行きたいと願っていた私にはピッタリの環境。心はすぐに決まりました。

英語の先生からのアメリカ行きの助言と尾本先生との絶妙なタイミングでの出会い。更に、偶然にも留学の話が持ち上がる約半年前から読み始めて全巻読破していた『オズの魔法使い』の主人公・ドロシーの故郷カンザスへいつか行ってみたいと思っていたこと。これら全てが繋がり、「私が留学すべきはカンザス以外にありえない！」と妙に一人結論づけてしまいました。でも、その答えに向かって突き進んでゆくと、あちこちで希望がスムーズに受け入れられたり、素晴らしいタイミングで必要な人々が登場したりとシンクロすることが増えて面白いほどにトントン拍子で物事が動いていったのです。まるで、ドロシーが光り輝くエメラルドの国を訪ねる時に辿る“イエロー・ブリック・ロード”を歩いているかのように。でも現実は、目的地ドッジシティはエメラルド（緑）なんて無い平坦乾燥地でしたが（笑）。

アメリカに住むようになった今、「カンザスみたいな田舎に留学してたの？ あんたも物好きね～」「変わってるわね～」と、アメリカでできた友達から口々に言われます。よりにもよって、どうして何もないカンザスへわざわざ行くわけ？ と。確かに「運転中、眠っていても目的地に着く」と冗談を言われるほど、端から端まで東西に真直ぐハイウェイが引かれた何もない州。そしてこれも決まって言われるのが「よくもまあ外国の、しかも知り合いもいない土地に日本から一人でやって来たこと！ あなた強いわね～」との賞賛の言葉。確かに、知らない土地や環境に飛び込むのは勇気がいることなのかもしれません。でも、それよりも私にとっては「自分を知らない」「自分が何者かよくわからない」ことの方が大問題だったのです。だからこそ、あの時の私は、私を群れる鳥のように扱う社会や環境から飛び立って、なるだけ何もない、なるべく遠くの土地でありのままの自分を見つめ直したかったんだな、と今になってはわかるのです。そして、右ならえの意識とそれに従う群衆の中に浸透しきれない自分の存在って何なのか、どうして染まれないのか、その答えも欲しかったのです。

留学、始まりが示唆するもの

いよいよ留学先への出発の日。私の「ついで」癖が目を覚ましました。何故、ついでにと思ったのかわからないけれど、アメリカ留学前にアメリカとは逆方向のマレーシアの友達を訪ねることにしたのです（日本の外はどこでも同じという単純すぎる発想かしら笑）。結局クアラルンプールから西海岸経由でデンバー入りしたものだから、長時間のフライトで体は既にフラフラ。言うことをきかない体を引きずるようにしながら、初めて降り立ったデンバー空港で、最終目的地のカンザス州・ドッジシティの搭乗ゲートを探しました。

なかなか見つからない搭乗ゲート。誰かに聞こうと思うものの、深夜ときて空港職員どころか人影も無し。どうしよう……と、冷や汗をかきながら、必死で空港中をウロウロ、やっとのことで空港職員を探し当てた時の嬉しさといったら、まさに砂漠の中のオアシス！とにかく制服を着ているのだから何かしらの情報をくれるだろう、と日本語なまりの緊張した英語で質問、「ドッジシティ・カンザスに行くゲートはどこですか……？」と恐る恐る聞くと「ん、何！？」と予想通りの返答。すかさず準備していた搭乗券を、「ここに行きたいの！」とばかり見せる私。すると、「ドッジシティ？ こんなゲートは無いよ！」と言うではないですか！ 今度は「え、何！？」と私の番。トランシーバーで色々な部署に聞いてくれましたが、どうも分からないみたい。出発時刻はもう 30 分後。私と共に焦り出した職員は、さっきまで私がやっていたみたいに辺りをウロウロし始めたのです。「どんなにウロウロしたって、ここは人っ子一人通らないわよ～」とおかしくも不安に思いながら、ドッジシティの空港で私を出迎えるため待ってくれている、まだ名も知らぬ大学の担当者のことが脳裏にちらついて離れない。乗り遅れるなんてとんでもない！と更に冷や汗をかきまくっていたら、ようやく彼が“Come on ！”と行く先を探し当てたのです！

とりあえず指差す方向に走りだしたはいいけれども、そのゲートの遠いこと遠いこと！ しかも、メインの通路からは全く見えない曲がって入った奥の奥。到着した先にはゲート番号もなければ、行先の掲示もカウンターもない。あるのは滑走路へと続くガラスの扉と椅子２脚だけ。「こんなの分かるわけないでしょ～！」と眉間にしわの私に、空港職員はその扉を指さし、「ドッジシティ！」と嬉しそうに言うと「グッドラック！」と付け加え、去っていってしまいました。時計を見ると出発時刻５分前！ 急いで搭乗手続きをしようとすると、搭乗者らしき人たちがまだその辺りにポツン、ポツン。どうやら出発が随分遅れているとのことで、搭乗手続きも始まっていないのでした。「さんざん焦ってこれだもの！ これもラッキーだと思うことにしなきゃ……」と心の中でつぶやいたものでした。

結局数十分待ってようやく飛行機搭乗と、いざその段階になって驚いたのは、これから乗るのがセスナ機と思われるようなプロペラ付きの小型飛行機だったこと。パイロットが乗り組み乗務員を兼ねるほどのこじんまりさです。チケットに書かれた私の座席「12番」を探しながら、小さな飛行機の通路を進んでいくと、すぐに最後部座席へとたどり着いてしまいました。最後尾の座席番号を見ると「6番」。「えっ!?」と、何度自分の番号を確認しても「12番」だし最後尾の番号は「6番」だし……困り果て、また眉間にしわを寄せていた私に、そばにいた乗客のおじさんが、「チケットを見せてごらん」と、声をかけてくれました。チケットを見せると、肩をすくめて「どこでもお好きな所へお座りなさい」と腕を広げてのジェスチャー。どうやら番号は関係ないようで……短時間で2回目の「こんなの分かるわけないでしょ～！」体験でした。

やっとの思いで何とかデンバー空港を飛び立った私。「なんという海外留学の始まりだろうか……先が思いやられるわ～」と、ガタガタ揺れる小さな飛行機の中で期待と不安を胸に、あの空港職員の「グッドラック！」が何度も何度も心をよぎるのでした。

不安の先にはノスタルジア

1時間半のフライトを経て、ドッジシティに降り立った時はもう午前1時過ぎ。当時のドッジシティ空港は、小さな物置小屋っぽい、まるで田舎の駅といった感じの建物。ここで本当に学校からの迎えの人が待っていてくれているのだろうか……と、また新たな不安がこみあげながら総勢6人の乗客の最後尾に付き歩いていくと、同じく心配そうな面持ちで立つ人を発見。“Welcome, Eri ！”と書かれたボードなんて持ってなかったけど、その表情は“Where is Eri ？”と見て取れました。近寄ってきて“Eri……？”と囁くアメリカ人に“Yes ！”と力む私の返事の声の方が遥かに大きかったのは、不安と緊張の裏返しでした。彼は“I'm Chris.”と名乗り私のスーツケースを運んでくれました。「何十時間もかけてやってきた地の果てに私の名を呼ぶ人がいた～！」と、見知らぬ人との出会いに感無量。私を待つ人が誰かもわからぬまま日本を出発した上に、当時は携帯電話もないから不安がよぎってもひたすら祈るしかなかったのです。道中何度「グッドラック！」と祈ったことか（笑）。

学校へと向かう道は、街灯すら殆ど無く何にも見えない真っ暗闇。大平原の真ん中なのに、海の真横を走っている錯覚に陥っていきました。それまで、田舎の海辺で育った私にとっては、「広がる暗闇」というのは海しかありませんでした。だから、この暗闇広がる情景はまさに故郷の海に近いもの。遠くに見える無数の赤いランプは飛行機のための物かもしれないけれど、そんな暗闇に浮上する光はまるで遠くに浮かぶ船の灯。更に海という感じを醸し出していました。平原だけど、海。新たな人生の船出への海として眺めさせてもらおう……そう決めて、離れたばかりの日本を想い、幻の海に懐かしい故郷を感じていました。

私が外国人

郷愁に浸っていたのもほんのわずかな間。留学生活が始まると、すぐに現実に引き戻される様々なカルチャーショックを体験することになるのです。

留学中お世話になる寮に到着するや否や、いきなり驚かされたのがエレベーター。業務用？ とも思える重い鉄の扉を上下に手動で開くセメント色の冷蔵庫のような箱。到底人間が入って移動するものには思えない……それが最初のインパクト。エレベーターのどんよりとしたセメント色は、心も視界もはっきりしない私の当時の「人生の時」を映し出しているかのようでした。そして、英語ができたわけではないのに、一番の心配の種は知らない土地での知らない人との人間関係。自分が日本人であることの意識よりも、私は「外国人」という感覚が付きまとっていました。カンザスという田舎の町においては、外国人よりむしろ「よそ者」の私。外国人と殆ど接したことのないアメリカ人に、英語がしどろもどろのよそ者がどうやって友達になれるのか、一番の気がかりはそこでした。

当時、国際電話は高くて実家にもろくに電話できませんでした。ましてやインターネットやＥメールなどが存在する時代ではありませんでしたから、日本語を使えるのはたまに会う２人の日本人留学生と、ブラジル人で日本企業のサッカーチームに所属した経験があるセルジオの３人。ある日スクールカウンセラーが隣町に住む日本人の女子高校留学生を、彼女の学校には日本人が一人もいなくてホームシックになっているからと、私たちの所へ連れてきてくれたことがありました。短い時間でしたが、私たち日本人が励ましてあげると、「頑張ります……！」と、あふれる涙を拭いながら帰っていきました。私ももらい泣きしそうになりながら、心の中で「頑張って！ 私も頑張るからと」囁き、その背中を見送りました。

一方、人間関係が一番の気がかりだった私はというと、自分をうまく表現できなくて対人恐怖症のような時期もあり、人里離れた安モーテルに一人籠ったことも。でも、あの「グッドラック！」のおまじないが効いたのか、最終的には周りの方にとても恵まれた留学生活でした。中でもホストファミリーを始め、到着初日から様々な事を教えてくれた英語ペラペラの最初の友達、台湾人留学生ミッシェル。色々と気にかけてくれた年下の先輩日本人、のりこちゃん、いつも優しく話を聞いてくれたペルジー先生と神父のファーザージョナサンなど、沢山の優しい友人たちが右も左も分からない私の手助けをしてくれました。

カンザスにきて７か月。やっと留学生活にも慣れてきた学年の後半に差しかかったある日、とんでもないニュースが飛び込んできました。なんと、私の留学している大学が閉校するというのです！「在学中に大学が破産だなんて……Oh, My GOD ！」何でも可能で起こりえるアメリカ、だからってこんなことも現実になるなんて……「こんなこと聞いたことない！」とアメリカ人だって驚く出来事。けれども今考えると、それが逆に良かったのです。このカンザスでの生活の終止符は同時に、あの頃は知り得なかった私の新しい扉が開かれる瞬間だったのです。

カンザスの何もないまっ平らな乾燥した大地で化石のように建っていた、私のアメリカ最初の母校。たったの１年、まるで蜃気楼のような存在にも思えるけれど、ドロシーの赤い靴を借りてその蜃気楼を見に行きたいものだと今でも時おり思うのです。

カンザス・リベラルに再現して建てられたドロシーの家。（写真左）

映画『オズの魔法使』で使われた靴が展示されている。

日本脱出だけでは変わらない

日本脱出からわずか7か月後に留学先が閉校するという大事件が起きてしまい、次の学校探しや何やらでもう一度人生の方向を決めなければならなくなりました。閉校まで残された時間は4か月ちょっと。今度は日本の先生方の助言もありません。こちらの大学事情など知る由もない両親に相談なんてできるわけもないし、むしろ、行先を失ったことで「ちょうど良いから帰っておいで～」なんて言われるに決まってる。それがまた原動力にもなり、当時の希望専攻がある全米の大学探しと各大学への事情説明うんぬんを書いた手紙作成に力が入りました。更に日本の両親へ、何故アメリカに留まり大学を卒業したいのか、その理由と自分の考えをまとめた手紙も必死になって書きました。これまでの人生でこれほどエネルギーを注ぎ何度も書き直した手書きの手紙は、きっと後にも先にもこれだけでしょう。A4サイズに直筆で15枚の大作になりました。ただ、もともと両親からは「1年だけ」という約束で出してもらっていましたが、暗黙の了解というのか、両親も私もおそらく1年ではないだろう……と心のどこかでわかっていたようにお互い感じていました。けれどもそのちょうど1年で閉校だなんて、まるで両親と学校が申し合わせたかのような話は出来すぎ！ 英語の会話もままならないし、何にも身になってないし、やっと異文化での生活に馴染んできたところ。今からって時にとてもじゃないけど中途半端なこのままでは日本に帰れない！ と、大学閉校のおかげでこれから先のことを随分考えさせられました。そして、何度も手書きで「書く」という作業をしたおかげで「なぜ私はアメリカにいたいのか」という自分の思いを整理整頓でき、明確な目標が設定されました。おかげでこれ以降は様々な問題とぶつかっても、その度自分自身と直面し、考え、行動することができました。それが日本脱出において私に課された問題の一つ、「私は一体何者か」を理解するために必要なことの一つだったとわかったのです。

初めて「全て自分一人で考えて選択し行動する」という状況に直面し目標が明確となった私は、そんな窮地にいながらも、留学アドバイザーが推薦し、私以外の留学生ほぼ全員が進む学校は選ばずに、自分の手紙に返事をくれた数校の中から選んでイリノイ州へ行くことに決めました。英語上達のために留学生同士群れずに自立するためにも。この頃は自分が日本人という意識よりも、「外国人」という意識の方が強くて、日本の文化を披露しようとか、学んだ書道を見せてあげようとか、そのようなことは全く考えにも及びませんでした。心にゆとりがない外国人の私は、周りの環境に圧倒され、環境の流れについてゆくのに必死で、自分の持ち物や能力の使い方に気づく余裕がなかったのです。自分の文化を教えるよりも、異国の文化や言語を学ぶことに集中していた当時の私の気持ちを考えると納得です。

リサイクル魂によって書も目覚め

アメリカでは大学を転校したり、夏学期だけ違う大学で単位を取ることは珍しくありません。私もその開放感あるアメリカの学生生活に乗っかって、コロラド州の大学でサマースクールを受講、その後その大学へと転校しました。

そんなある日のこと。友人の父親で大工のウェスが木片をゴミに出しているところを目にして、もったいない精神が騒ぎ始めました。日本人の気質でしょうか「きれいなのにもったいない！ 何かに使えないかな～」と眺めていました。何か作ろうか。鳥小屋……却下！本棚……却下！ 作らないなら……何か書く⁉ そうだ、捨てるならせめて何か書いてから！ と思い立ったと同時に彼の元目指してまっしぐら。大学はアート専攻でもなければアートのクラスを選択していたわけでもない。ただなぜか「書かなければ！」という気持ちに駆り立てられていました。事情を聞いたウェスは少々驚きながらも嬉しそうに「好きなだけ持っていきな！」と譲ってくれました。筆を握るのはおよそ2年ぶり、勢いで書いたはいいけれど何ともぎこちない筆が走った欠陥品が出来上がってしまいました。でも、不満足とはいいつつもこの一点物はインスピレーションの端くれ。書いたら書いたで、次はそれを装飾したくなってきました。そこで次は、他のリサイクルのゴミはないものかと彼に尋ねました。すると、チキン・ワイヤー（*1）があるとのこと。ちょっと不思議な組み合わせでも、残り物のこの２つを使ってデザインを試行錯誤してみました。そして完成。「う～ん、何だかなぁ……残り物で作ったからこんなもんか」と、自分では納得いかなかったアートを眺めていると、“Wow, that's beautiful ！”とウェスは大絶賛。自分の評価と真逆の褒め言葉に若干戸惑いながらも、「そんなに気に入ってくれるのなら……」とお礼にプレゼント。嬉しそうに、どこに飾ろうかと部屋をウロウロする彼を見ながら、「日本語も話せないし読めない、漢字も殆ど見たことないアメリカ人の彼だからこそ絶賛してくれたのよね～」と、ちょっと複雑な気持ち。飾るなら客人の目に入らないベッドルームがいいわよ～と心で願っていたら更に厄介なことに。「ところでこれ、何て書いてあるの？」と嬉しそうに聞いてくる彼。「あ～そうきちゃったか……！」そこに書かれていたのはNHKの大河ドラマ武田信玄で見た「風林火山」の文字。漢字一つ一つの意味に加えて、日本の歴史も説明しなくちゃ……そもそも私のボキャブラリーで伝わるの……？ と脳みそをフル回転させながら、もっと簡単に訳せる「愛」とかにすれば良かった……と自分を恨めしく思いながらも、しどろもどろの英語で説明する私。そんな心境も知らない彼は、ニコニコ笑顔で私の拙い説明を聞きうなずくのでした。それ以来、私のために不要の木片などを取っておいてくれるようになったウェス。こうして書道を用いた創作活動が始まったのです。

自由に自己表現できる環境と、それを先入観なしに受け入れる心の持ち主の存在があって、私は「私」を見つけていくのです。「私はこれが好き！ 楽しい！」と叫ぶ心の声は、魂に刻まれた私自身。出会い、環境、好きなこと——これらが私を無限の可能性拡がる宇宙へと連れていってくれたのでした。見知らぬ未来に続く入り口として。

(*1) 鳥小屋などに使うワイヤーで作られたネット状の柵。

アートのクラスを取ったことをきっかけに

大学の芸術の時間、前期は油絵のクラスを取っていました。ある日、講義が終わり、使いきれずにパレットに残った絵の具がもったいなく、洗い流すなんて罰当たり～と、なんとなく色を混ぜて遊んでいました。混ざる過程も混ざった色合いもとても奇麗で、ふと、自然に出来たそのデザインを版画の如く紙に写してみたくなりました。クラスメイトも帰宅した一人だけの静かな空間で、偶然にできた二度と再現できない色彩やデザインを写し取る行為は、どこか神秘的に感じられました。その時ひらめいたことは、そのデザインを写しとった紙に筆で文字を書くということ。インスピレーションがインスピレーションを呼び、結局、余った絵の具だけでは足りなくなり、新たに色とりどりの絵の具を広げて、心向くまま混ぜてみました。そうやって油絵の具の版画を何枚も作りました。それぞれがユニークな個性を持って出来上がったデザインを見て、そこから感じるまま浮かぶ言葉をそのキャンバスに描いていきました。これが、墨と色を混ぜるという私のアート「書アート」となるものの原型なのでした。

それから、パステルカラーのクラスや油絵のクラスで、他の生徒とは違った描写を褒められ、アートの先生に勧められるまま、後期は通常アート専攻4年生が専門分野の作品を創作する、自由課題のクラスを選択しました。いつかの授業中、アート学科の主任とクラス担当の先生と私の３人でブレインストーミング中、「デザインと書を ミックスさせて……」と、私が発した言葉に彼女たちの目が光り輝いたのを今でも覚えています。「それいいわね～！ で、何のデザインにどんな書をどうやってミックスさせる？ メタル試したことは？ バーナーの火、使ったことある？」など、あれは？ これは？ とアート専攻にしかわからないような専門用語も飛び出して、社会学専攻の私にはチンプンカンプン……。どうやら私のインスピレーションが彼女たちのインスピレーションを刺激したようでした。けれどもあの時の私は、まだアーティストとして発展途上。書というもの自体に完全に心地よさを感じていない時期で、先生たちからの大きな期待とのジレンマに苦しんでいたのでした。でも、その一方で発見したのは、書には限りない可能性があるということ。伝統に縛られて、同じことを繰り返すだけが書の道ではないという、書に対する新しい気づきでした。まだぼんやりとでしたが、ある種の希望のような新世界のようなものを感じたことを覚えています。悩みながらも、無限な芸術の筆の世界を垣間見ていたのです。

　こうして色彩豊かな色と筆のコラボレーション・アートが徐々に生まれていきました。その後、私の書の道とアートは様々な試作、発見、めぐり合い、出来事から生まれるインスピレーションによって、少しずつ進化と足踏みを繰り返して現在を歩んでいます。

当時創ったアート作品

「作品」から「商品」になったインスピレーション

コラボレーション・アートは、白黒と色彩のそれぞれに個性がありますが、色は感情と創造にインパクトを与えます。映画『オズの魔法使』(*1) をご存知ですか？ ドロシーが住んでいたカンザス：白黒の世界からマンチキンの住むオズの国：色彩の世界へ入った途端、画面はカラーになります。白黒のカンザスと、総天然色のオズの国との対比を見事に表しています。色の効果は人を違う世界へと運んでくれる素晴らしい手法です。書の世界でもオズの世界のように幻想的な世界を展開することができると、色を織り込んだこの発見に大興奮しました。

それから程なくして、初めて私のアートを買いたいという人に出会いました。一緒にボランティア活動をしていた男性で、彼に何気なくアートを見せたところ、それをいたく気に入ってくれ、「これ、売りものなら買いたい」「え？ 買いたいの？」「Yes ！ いくら？」「えっ？ え～っと、じゃあ～＄50 ？」「SOLD ！」と、トントン拍子で落札されたそのコラボアート作品第一号は、大学のアートクラスで色を混ぜて作った色のプリントに書をしたため、山で拾ってきた木を飾ったもの。まさにインスピレーションと自然の塊そのものでした。初めて私のアート作品が売れた喜びと同時に、魂の一部を手放す寂しさのようなものを同時に感じた瞬間でした。

書アートを創り始めてから、色々なものが全て題材に見えるようになりました。山に行けば、アートデコに使えそうな美しい曲線の枝の木を探したり、川原に行けば石を使ったアートを思案してみたり。あらゆる自然と出会う物が全てインスピレーションになりました。私が書アート制作にエネルギーを注ぐのを知ると、周りの人もそれに反応して気づいたことを教えてくれたり持ってきてくれるようになりました。それと同時に、あるがままの私を受け入れてくれた友達（ソウル・フレンド）の存在によって、私は次の扉へと運ばれていくかのようでした。

Selfish。日本訳の「わがまま」は、自分の事だけ考えているという意味。でも私は、「我が、まま」つまり、自然のままだと思うのです。世間体に価値が置かれ、自己を控え群れに染まることを正当とするのが日本の文化や社会の象徴。個性が大事と言いながら出る杭は打たれる。様々な葛藤や矛盾を外に感じながらも結局は自分の内側を責めていたのです。そんな頃にもらった無条件の承認は自由主義アメリカからの最高の贈り物でした。

「我が、まま＝自然のままでいい」。内から湧き出るエネルギーと自分の想いを筆に乗せて、色や自然を表現していくという私の道がだんだんと出来ていくのです。

＄50 で売れた最初の商品

（*1）日本では 1954 年に公開。冒頭とラスト以外、オズの国のパートは当時はまだ極めて珍しかったカラーフィルムで撮影され、その美しい映像演出が極めて高く評価された。

ルーツ、家紋

アメリカという国は多民族国家。あちこちから移住してきた人たちで成り立っている国だけに、皆自分たちのルーツを知りたがります。そしてそれを誇りに思い、幸せを感じています。周りの友人からそれを何度も体験した私は、自分のルーツについても気になってきました。日本にいる妹と電話で話していて、親戚のおばさんの家から刀が出てきた、なんて聞くと、その話に飛びついて先祖様について詳しく尋ねたりもしたものでした。

そんな折、日本人を妻に持つアメリカ人男性から、彼女の家紋と名字を入れたアートを作ってほしいとお願いされたことがあります。もちろん名前は筆で書くけれど、「家紋を描くってデザイナーか絵描きさんの分野なのでは？……それも私がデザインして描くの⁉」と思いましたが、何とか創ってほしいとのお願い。書と関係ないリクエストに少々困惑しつつも「アーティスト」という肩書の所以なのかしら……まあ、何とかなるわ、大丈夫！ と承諾しました。私の書アートは、様々な色と種類の紙を重ねたり組み合わせて書の周りを縁取るデザインや表装も全て自分で作ります。この時も、家紋は重ねた紙のみで創作することにしました。結局、父方と母方の名字と家紋に加えて彼の息子と娘の分も欲しいということで全部で3セット。良いアイディアとはいえ気の遠くなるような、書とは全く関係ない作業が続きました。出来上がった6つのアートを広げて見せた時“Oh……”と無言で見入る彼。その後何度も頷きながら“It's so beautiful……”と感動した様子。「だいぶ骨が折れたけど細部まで配慮した作業の賜物だわ……」と、感激されたことで苦労は全て報われました。

この一件以来、自分の家の家紋が気になって仕方なくなりました。私は日本人なのに自分の家紋を知りません。知らないどころか考えたことすらありませんでした。そう思うと、他人の家紋をせっせとこしらえている場合じゃないように思え、いてもたってもいられず日本にいる妹に、我が家の家紋を調べて送ってくれるように頼みました。数日後､妹が家紋を送ってくれました。初めて目にした家紋に、面識のない先祖の歴史が私の中に一気に流れ込んできたかのような気分になり､ただただ無心に見つめていました。すると突然､幼い頃、祖母や母とよく行ったお墓参りの時の光景が蘇りました。ひょっとしてこれって墓石に刻まれていた印……？ あんなにしょっちゅう見ていたのに……。そう、私はこの家紋をずっと前から知っていたのです。なのに､「見たことない、知らない」とまで言い切った自分に呆れてしまうやら情けないやら。日常の世界にはきっと、このように「見ていないようで見ている、知らないようで知っている」ものがゴロゴロしているに違いないですね。日本にいる時に気付けなかった自分自身について、海外に出て初めて気付かされたことが多くありました。

お金で買えないもの

書道を教えたり書アートを創作しながら、関連して年間を通じて様々な活動をしてきました。カフェでのアートショー、ポートランド近郊で行われる夏のアートフェスティバルへの出店、ティーショップでの書アートワークショップ、企業や団体でアメリカ人の名前を漢字で書くボランティアなどなど。

何年か前、イベントの一つで筆文字を書いた提灯を販売したことがあります。その時、4歳くらいの男の子がやって来て、「龍」と書かれた提灯を指差しました。でも、彼の持っていたお金はかなり代金不足。「ごめんね、これじゃ足りないの」と伝えると、がっくりうなだれ、遠くで見守っていた母親の下へ去っていきました。その寂しそうな後ろ姿を見てしまったら、私は考えるより先に身体が動き、その子を追いかけていました。男の子の所へ着くなり、「それで大丈夫、足りるからおいで！」と伝えました。すると、母と子の目は驚きで輝きました。喜びでお互いを見つめた後、母は息子の頭上で私だけに分かるように、ウインクとサンキューの言葉をくれました。私はすぐに男の子に提灯を渡し、握りしめていたお金をもらいました。しわくちゃで温かいお金でした。とっても嬉しそうに去っていく親子を見送りながら、提灯とこの日の思い出が彼の心を温かく包んでくれるかなと思うと、私の心も喜びで一杯になりました。

それから1時間ほど経った頃でしょうか、男の子が私の所へ戻って来たのです。どうしたのかなと思ったら、ちょっぴりはにかみながら“Thank you”と言ってカードを差し出しハグしてくれたのです。カードを開くと、“Thank you，LOVE”のメッセージ。一瞬で目頭が熱くなりました。自分にとって特別なものが誰かにとっても特別なものになった、魂の触れ合った瞬間。お金では買えないものをもらいました。

魔法の始まり

私の人生を幾度も出たり入ったりしていた書道ですが、しばらく離れていた時期もありました。ポートランドという街が私に沢山のポジティブなエネルギーを運んできてくれたことはお話しした通りですが、ポートランドへ引っ越して来るまで、私は何年も筆から離れていました。大学卒業、引っ越し、就職、また引っ越し……そのうち、茶道や合気道、聖歌隊、ボランティア活動など様々な活動を始めるにつれて書道は私の生活の中から押し出されていきました。忘れ去られたかのような書道と書アートの世界だったのですが、これもポートランドという街が持つポジティブエネルギーのおかげでしょうか、ある時ふと舞い戻り、"魔法"のような輝きを放ち始めたのです。そのきっかけはゆったりしたある日の出来事……。

引っ越してきて数か月。まだ段ボール箱が積まれたままの空部屋には大きな窓がありました。そこから見えるのは木々の緑だけ。まるで自分が森の中にいるような気分にさせてくれる空間でした。子供を学校へ送り出したある日、その緑を前にふと筆を動かしたくなりました。箱と箱の間に小さいテーブルを置き、書道道具を並べてゆっくり墨を磨りました。最後に一人静かな空間で筆を自由に動かしたのはいつだったかな……久しぶりの墨の香りに懐かしさがこみ上げてきました。特に理由もなく、感じるままに筆を動かしていたその瞬間、ふいに自分と筆が一緒に動く調和の中にエネルギーが流れ、魂も体も筆も全てが一つになるのを感じたのです。浮遊しているような、ダンスしているような、生まれて初めての感覚でした。

自由な筆の動きの中で、静寂で大きなエネルギーに充たされるのを感じていると、魂の平穏が訪れたのです。私は瞑想の中にいる……そう感じた瞬間でした。全てとつながる一体感——武道で感じる心技体の一致とも似ています。宇宙に溶け込み全てが融合し、自分ではない他の何かが自分を動かしているような、そんな感覚です。平和で穏やかなエネルギーが永遠と続くような……私にとって書道は楽しいもの（＝喜び）であるべきで、この美しい感覚の中で瞑想を感じるものだと悟った瞬間でした。これはまるで悟りの境地でしたし、これまでぎくしゃくしていた書への想いがふっと消えて解放された瞬間でした。

「人」から「書」が見えてくる

「人」に注目することで、「書」が見えてくることもありました。書道の学び方の根本を見直すきっかけをくれたのは、アメリカ人の生徒たちでした。彼らの半分は、日本語は話せないし、ひらがな・カタカナ・漢字を知らない、もちろん書道をしたことはありません。そんな彼らがなぜ私の教室に来たかというと、「日本の文化が好き」ということが圧倒的な理由でした。日本人に教えるのとは全くわけが違いますから、まず漢字の意味を教え、発音を教え、お手本に書き順を書きながら教えてからやっと、どうすれば美しい文字になるのか（文字のバランス、長さ、太さ、筆跡の強弱）を説明しなければなりません。説明することがとても多く毎回根気が必要でしたが、彼らにしてみると、初めて手にする筆でじっくりお手本を見すえて、書き順を間違えないように、真っ白な慣れない薄い半紙に書かなきゃならないんですから……こんなに大変な作業を好んでするアメリカ人には心から敬意を払いたくなります。ぎこちない作業でも彼らは、「楽しくて気持ちが安らぐ」と、書道の心までも楽しみ、墨を磨る作業なども好んで行っていました。

このように多くのプロセスを踏むと、その都度の対応に個人の性格が非常によく反映されます。それはまるで性格判断さながら。あまり話したことのない生徒でも、彼らの筆の扱いを見れば性格が手に取るように伝わってきます。「文字は人を表す」と言いますが、筆を扱う様子も人を表します。自由大国に生きるアメリカ人ですが、彼らの殆どに共通なのが、注意することや覚えておくことなどルールを気にしすぎて自由に筆が動かせていないということ。そんな様子を見て感じたのは「これでは私が感じたあの素晴らしいエネルギーを感じるなんてとてもできやしない！ もうお手本なんてどうでもいいから、とにかく自由に筆を動かさなければ！」ということでした。一番大事なことは、自分が感じる筆との一体感なのです。

そこで考えたのは、まず最初に筆と腕のストレッチをしてもらいます。半紙いっぱいの○（まる）と十字の線を、腕を使って体で感じながら書くことから始めました。ここでエネルギーを感じてもらうのです。次に文字としてではなく、「はらい」なら　はらいだけ、「はね」ならはねだけ、と漢字の一部分だけを抜き出して、考えて書くよりも「感じること」に集中する練習をしてもらいました。私が一番大切だと思っていることは筆は「空中を歩く（Air Walk）」ということ。筆が紙を離れてからも、空でも書き続けることだと教えました。筆の動きは紙に置く前から始まり、紙を離れてからも続くのだと。筆の動きが流れ続けることによって文字は生き、エネルギーが感じられます。とにかくきれいに書くことより、腕と筆を一緒に動かすことに集中し、自分の内側との繋がりを感じてねと言い続けました。

ある時、そのエネルギーを敏感に感じるため目を閉じて書いてもらったことがありました。すると、目を開けた生徒たちは書き上がった自らの作品を見て“Wow……”と口々に感嘆の声を漏らしたのです。彼らの反応はとても穏やかでしたが、内なる反応の大きさが見て取れました。まるで禅の中にいる修行僧のように、生徒一人一人が醸し出す静寂のエネルギーが皆を包む素晴らしい瞑想のエネルギーを作り出していたからでしょう。中には、エネルギーの流れの余韻に浸り目を閉じたままの生徒もいました。エネルギーの流れを感じると自然と描く線も生きてくるので、本人もどれがよく描けたか感覚でわかるのです。気持ち良く描けたものが美しい線を奏でていると。その感覚は私にも伝わるので、彼らの作品の中から私が良いと感じたものを選ぶと、彼らが選ぶものと自然と一致します。言葉なしに互いの顔を見合わせて笑顔があふれる瞬間です。それは、筆と自分と調和あるエネルギーが流れた瞬間。その瞬間を共有する私もとても気持ち良く、癒しを感じます。純粋なエネルギーの波動が伝わってくるのです。

私が生徒たちにするアドバイスは、「そのまま……そのまま……」だけ。筆や手首をくねくね動かす必要はないこと、難しく考えずに腕を動かせば筆がおのずとついてくる。それに任せて従うだけ、自然にそのままです。私を真似て「As it is……ソノママ、ソノママ……」と英語なまりの日本語で繰り返し、自分自身に言い聞かせながら書く彼らの姿は微笑ましい限り。書道の目的、思いは人によって違うけれど、私にとって「一つになる」感覚は、本来の自分を表現するための大切な要素。だからこそ書の基本中の基本で、自分の内から溢れるものを知り、癒しに満ち溢れる「道」であって欲しいのです。

この「一つになる瞬間」というのは、まさに瞑想そのもの。自然と雑念が抜けて、筆の動きに精神が統一する「無」の状態。無になって、何にもとらわれずに自由に筆を動かす……簡単なようで意外に難しいシンプルな作業。人生はお手本に従い学ぶことが一般的ですから、方向付けを行いながら、少しずつお手本を無くしていきます。こうして自分を解き放つこと、柵から出してあげることを体感してもらいます。お手本に頼らずとも、自分の内に秘める可能性を頼りに描けることを体験し、湧き出るエネルギーがどれ程美しい筆のラインを生み出せることか実感することがまず大事です。あらゆるこだわりや執着を解き放った自分になって取り組むことが理想です。そうすることで自然な本来の自分で描けるようになってきます。私が考える「書」とは、書道だけにとどまることなく、奥深く眠る本来の自分に働きかけ、長い間眠っていた真の自分を目覚めさせる手助けをしてくれるのです。

規則ではなく、自然の流れに従うこと

ある日書アートを作っていた時にふと心に現れた言葉、それが「無を悟れし時、時と空間を越えん」。世俗で作られた枠組を超えた所に、過去や未来、現在という時と空間を越えて本来の自分が持つ無限のエネルギーと可能性を感じられる。私たち魂を持つ人間の在り方と私の求める書の姿が一致した時に浮かんだ言葉でした。まっさらな状態で、全てが繋がるエネルギーに包まれ、社会のルールや固定観念という枠組みを超えて精神的な自由を得た時、全てがありのまま、自由な自分を感じられます。この自由な魂の郷は、はじめも終わりもない無（永遠）の中にあるのです。この無の中で私たちの意識は人間が作った「時」と「空間」を越えて、宇宙エネルギーと一体化して内なる声が聴けるようになるのです。それをあるがままに受け入れ、自分のものにしていく。本来の自我を目覚めさせると、本来の自分を発揮したくなってきます。生きる目的を目覚めさせるのです。

開いた心の扉は宇宙のエネルギーを呼び込み一体感を感じると、自らの内に宿る神との再会につながります。インスピレーションを招く平穏な心は、自分の可能性を無限に広げていきます。そして、それを皆に見えるように「アート」へとクリイエイトしているのは私たち自身。だから、無心で筆を動かすという行為でエネルギーを感じた時、自分と宇宙が一つであることに気づくのです。本来の自分

に戻るための道具になってくれる筆、その手段となってくれるのが瞑想書道なのです。「無を悟れし時、時と空間を越えん」魂を解放して無限の自分に気づき、本来の自分の目的、生きる目的を目覚めさせることができれば、人生がより充実したものとなって来るでしょう。

このアートは、私がアーティストとして歩み始めた初期の頃の作品です。現在は気に入ってくれた私の友人の手元にあります。そのアートを携え日本へ帰国した彼が、後日私のアートに感化されたと、木彫りのアートを創り写真を送ってくれました。

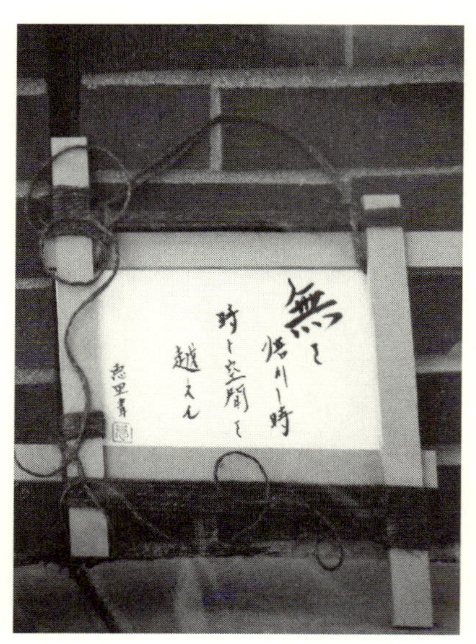

感動がこうしてつながっていくことに、更に感動を覚えました。魂が筆を動かしアートとなり、そのアートがまたもう一つの魂を動かす……。

筆による美しいエネルギーの波動が波紋のように広がっていくのです。この感動の波がより多くの人に届きますように……。

日本の生活とアメリカの生活で気づかされた「私にとっての書」

ポートランドに引っ越して来てから、日本の文化・書道を披露する機会が圧倒的に増えました。時には、出来上がった書が曲がっていたり、太さや強弱が今一つだったりして、自分の中では納得のいかない作品になることもあります。でも、アメリカでは、「凄い！Beautiful ！」と賞賛されるのです。おかしいのは私のほう？ と思ってしまうくらいに。もちろん書道をよく知らない人たちだから、単純に日本の芸術・書道に感嘆の声をあげることは当たり前にも思えますが、この素直さが私の心に響きました。彼らの純粋な声で、行司も観客もいない土俵で独り相撲を取っていた自分に気づかされました。私が勝手に書道の限界を作っていたのです。そして、私もこのアメリカ人たちのように素直に感じたまま喜びたいと強く思うようになりました。

ありのままの気持ちを表現しようとする筆は、新たに生まれ変わった自分自身のようで、創る度に何かを感じ、自分の内に何かを見つけ、ぎこちなさが消えると共に、表現がより自然になってきました。そして、内なる自分に耳を澄ますともっと自由を感じるようになってきました。完璧さを求めるのではなく、自由に魂が動かされた結果完成したアートには生命が宿るのです。魂に従い生きる人生にその意味が見出せるのと同じように。描く本人に生きたエネルギーが流れ筆に乗り、生命が宿った線として現れるのです。心身の気がスムーズに流れていると、筆もスムーズに動くもの。自分の内側に調和を感じると、外の世界もそれに同調するのです。人生でシンクロ現象が起きるように、宇宙が背後でそんな自分を応援してくれていると感じられます。善し悪しではない結果に満足する自分に気づきます。宇宙との、神との調和の喜びに。美しさという評価以外の奥深くにある書の道は、賞や勲章だけによって認められるようなものではないはずだと、心のどこかで感じていました。心に、魂に響くものにレベル付けは必要ないはず。もっと違う何かがあるはずだと。私にとっての書道とは、外面よりも魂と筆とのエネルギー関係、内なる宇宙にあったということを、ここポートランドで気づいたのです。

人間関係や、大学での理解困難な英語の講義、生きる意味や自分の使命などあらゆることを考えて思い悩んでいた時期、毎晩床に座っては思考を漂わせていました。瞑想をしようと座ったわけではありません。こうすることで答えらしきものが得られる気がして、気が付いたら同じ場所にじっと座ることが寝る前の日課になっていました。でも、清々しい気持ちになるどころか逆に暗闇へと突入。全て自分の招いたことにしてもひどいものでした。あの時は、ひっくり返っても冗談が言える状況ではなかったんですが、今思うと、よくもまあ深く掘り続けたものだと思います。でも、当時の私にはそれしか選択肢が無く、気分が悪くなっても、涙は枯れ果てても、毎晩床の上で思考を漂わせていました。

思考が“Dead End（行き止まり）”に陥ってから何日目のことだっ

たでしょう。その日は夜の暗闇ではなく晴れた青空に向かって祈りたくなり、空をじっと見上げていたら突然私を温かく包むエネルギーを感じたのです。空に大きな透明な窓があり、それが左右ともに大きく開いたのがはっきりと見えました。私はサイキックでもないし、特別に信仰するものもありません。でも、この時初めて「神様」を感じました。神の愛のエネルギーというのでしょうか。その瞬間、全ての執着が消えて自由になったのです。言葉で言うとそうなりますが、全てにおいて“It is all right: 大丈夫”というエネルギーに包まれ、生きとし生ける全て、森羅万象が美しく見えたのです。これが神の愛というものに違いないと悟った瞬間でした。

シンクロニシティー（宇宙からのメッセージ）

神との出会いを感じて以来、自分の在り方が大きく変わりました。エネルギーに敏感になると、その瞬間思っていた人から電話が来たり、欲しいと思ったものがもらえたり、そういう不思議な事、シンクロニシティーが相次ぎました。

忘れもしないのは20数年前のある日のこと。その日は雨でしたが、スピードを出し過ぎ、高速道路のカーブを曲がりきれずスリップして横転、車が大破の大事故を起こしてしまいました。幸い、周りには誰もおらずに私も鞭打ちだけでかすり傷一つありませんでした。助けを呼ぼうと車から這い出すと、空に大きなカーテンが見えたのです。それがサーっと開いた途端、まるでそれが合図かのように、先ほど私が横転して横滑りした道を沢山の車が一斉に通り過ぎたのです。信じられない光景に、自分は守られているのだと確信した瞬間でした。同時に「あなたがSlow Downしないならば、こちら側から」との愛ある戒めのメッセージも受け取りました。アメリカ中西部のだだっ広い大地で車が無くなってしまったのですから、Slow Downしかできない状況になりました。全ての活動停止。けれども、奇跡の様に無傷で命ある私を見て言った友達の言葉“Someone was watching over you.（誰かが見守っていてくれたね）”を体感し、改めて神の存在を認識し命を救っていただいたことに感謝しました。本来の自分の目的に向かって自分が最善を尽くせば、宇宙が必ず守ってくれるという信念が確固となり、より魂の声に従うようになりました。もちろん、まだまだ学びの経過にありますが、体験したからには否定できません。救ってもらった命は無駄にはできません。

筆の存在がいっそう私と近づいたのは、このように神の存在を感じた経験が背景にあります。見えない力を信じ、エネルギーの感覚に身も心も任せる。そしてこれまで使っていた様々なテキストを閉じてみると、自由で柔軟な心で筆を動かすことができるのです。自由な自分がクリエイトしたエネルギーと一体化した筆の動きは「動」で、瞑想すなわち「静」は、内なる自己で自然の法則そのものでした。私たちに一番ふさわしいのは、この自然の法則に従うということなのです。

おわりに――召命：Calling

皆さんもこれまで多くの困難を乗り越え、その度に悩み、考え、葛藤し、解決策を探してきたことでしょう。分かれ道に差しかかった時、難しい選択を強いられることもあったでしょう。どんなに探しても、言葉はいつも限界を迎え空回りしてしまう、そう感じたこともあるでしょう。そんな時、魂は答えを既に知っているのです。直感から来る答えは、言葉や思考を超えて現われます。例えどんなにそれが不可能に思えても、その内なる声に従うことが大切だと、私は身を持って体験しました。心が動かされることは瞑想への入口。そしてそれは、自分の奥に潜む答えを探る方法です。

お話してきたように、ライターも、直伝霊気も、書道も、今の私はすべて魂に導かれた結果です。その導きは自ら魅かれて選択したものであったり、時には自分の考えに強く反するものだったりしました。自分の好きと感じることだけがサインではなく、必死に避けようとすることも宇宙からのメッセージだったりもするのです。「避けないでやってごらんなさい」と。プラスにもマイナスにも、強く揺れる感情は魂のささやきなのでしょう。結果、筆とカラーで自分の宇宙を創造し、本来の自分を導き出してくれる喜びの書を書道瞑想として人々に伝えることは私の使命でした。自分の内と外が震え、両側のバイブレーションが一つになった時、日本の良さを発見し、書の無限な可能性を発見し、自分を発見し、筆で見えないものを創造できるようになりました。この本を手に取ってくれたあなたにも是非その宇宙を感じてもらいたい。この本が存在しない限界を超え、新たな何かを生むきっかけになって欲しいのです。

様々な理由による思い込みは、自分で取り除くことができます。魂の導きを素直に聞き、常に目標に向かって進むこと。疑問に思うことは必ず追求すること、あきらめずに信じ続ければ必ず答えやサポートがやって来る、私はそう確信しました。誰も触れることのできない自分の内側の宇宙なのですから。真実の自分を追求し続けてください。そうすれば、自然の法則があなたを放ってはおきません。墨を磨り、筆を動かし、書く、と言う作業で生まれるエネルギー。このエネルギーがあなたを真のあなたへと導くヒントになってくれることを願っています。小さな作業一つが既に、瞑想、そして自己解放への始まり。その行為であなたは自分の宇宙を創作し始めているのですから。癒しの中で1人でも多くの人が本来の自分に気づき、宇宙との調和を感じ、本来の目的に向かって一歩を進み始めるきっかけになることを心から願うもの、それこそが瞑想書道なのです。自信をもって自然の法則に身を委ねてみてください。

次はあなたの番です。あなただけの筆を持ってあなたの宇宙へと愛（会い）にいきましょう。そして、新たな一歩を踏み出す勇気が必要になったら、またこの本を開いてみて下さい。私も模索し続け、幾重もの柵を取り除いてきました。自分に降りかかって来る様々な出来事や人々の声に飲み込まれることなく、自分に必要なものだけを飲み込み、自分の内なる宇宙のエネルギーに変えて常にサポートがあることを信じて進んでください。私はそんなあなたを心から応援しています。

最後に、実際に筆をとり、体感することで私の言う筆の世界を理解しようと試みてくださった明窓出版の麻生社長と編集長の坂牧さん、その後、初めて出版する質問だらけの私を様々な角度から支えて下さった編集者の鈴木さんに心から感謝の気持ちを捧げます。長期に渡る坂牧さんと鈴木さんとの心の交流無しには、この本を完成することはできませんでした。坂牧さんとの出会いから出版までの2年以上ものあいだ試行錯誤しながら、二人の温もりのなか魂は更に育まれ、多くに気づき、更なる自分を探し出すことができました。そして、この出版に携わって下さった明窓出版のスタッフの方々、無鉄砲で目に見えぬものを追求し続け困惑させる娘を常に見守りサポートし続けてくれた両親、執筆の時間を与えてくれた息子と夫、ソウルメイトたち、一期一会を分かち合った全ての皆さんに感謝を捧げます。

人々とのつながりと宇宙愛：神へ感謝を込めて。

ルーマン恵里

著者プロフィール

ルーマン恵里（るーまんえり）

鹿児島市出身ポートランド在住

書アート作家・新聞記者

1991 年に語学留学で渡米し書アート製作を開始する。カンザス、コロラド、デンバー、ボールダーなど拠点を移しながら活動し、2007 年にポートランドに転居する。自動車事故などで神との遭遇をし、自分にとって書道は瞑想であると啓示を受ける。書アート製作と並行しながら書道瞑想教室やワークショップを開催し、活動を通じて和の精神とスピリチュアルな世界観を伝える。

一部写真提供 : トラベルポートランド

写真提供 :Diane Benjamin　（私が書初めデモしている写真 2 枚）

写真提供 :Rebecca Benoit - Pixelegacy　（書初めの全体風景）

放射線科医さし先生の
あなたの知らないアメリカ留学
～楽しかったり、いじけたり
佐志隆士

放射線科医である著者が、米国DUKE大学への留学体験を世紀末の喧騒をよそに、ノスタルジックに時にシニカルに描いた一冊。
ページの隅々から、観光では味わえない生のアメリカの空気感を感じることができる。

「Why American people!!!?」
家ごと知らない日本人に使わせる！？
高級なカバンをトイレの濡れた床に平気で置く！
連ドラの放送される順番がメチャメチャ！
(※本文中のエピソードより)

など、読みながら「なぜなんだアメリカ人!!!?」とツッコミを入れてしまいそうになる、観光では味わえないRAWなアメリカ生活のエピソードが詰まった一冊。
著者のおちゃめな人柄が行間から伝わってきて、読み終わった頃には貴方もきっとさし先生のファンになっています。

本体1500円

アメリカ・オレゴンより宇宙愛（うちゅうあい）をこめて なぜ魔法使（まほうつか）いは和筆（わひつ）ですべてを創造（そうぞう）できるのか？

ルーマン恵里（えり）

明窓出版

平成二九年五月五日初刷発行
発行者 ―― 麻生 真澄
発行所 ―― 明窓出版株式会社
〒一六四―〇〇一二
東京都中野区本町六―二七―一三
電話 （〇三） 三三八〇―八三〇三
FAX （〇三） 三三八〇―六四二四
振替 〇〇一六〇―一―一九二七六六
印刷所 ―― 日本ハイコム株式会社

ホームページ http://meisou.com
ISBN978-4-89634-370-0

自分を生きれば道は開ける
〜内なる声の導き
サミー高橋

「夢を見られない時代に、1000人以上の若者たちの背中を力強く押してきた僕の友人であるカナダの元英語学校経営者の手記です。
社員の離反、経営不振、ガン……。それでもポジティブな姿勢を貫いた彼が体験したのは、大いなる天の計らいであり、“思いは時空を超えること”の実感でした」
（『スピリチュアル系国連職員、吼える！』著者 萩原孝一氏推薦の言葉）

（著者プロフィール）1974年関西大学法学部を卒業後渡米、カリフォルニア州立大学フレズノ校言語学部にて英語教授法を専攻し、卒業後に帰国。日本の複数の英会話スクールで勤務した後、1991年カナダに移住。1994年、新たに英語学校設立。その後、直営校をカナダのトロント、ビクトリア、オーストラリアのブリスベンとシドニーに展開。
しかし、リーマンショックのあおりを受けて経営難に。現在は会社を手放したが、英語教育界で仕事を続け、自由な立場からグローバル人材の育成にあたっている。
「いかなる状況においてもポジティブに」が持論。 本体1500円

ドイツと日本の真ん中で

オルセン 昌子

「日本って、こんなにいい国だったの？！」

ドイツで育った「日本の心とドイツの心」を持つ青年・トミー。彼の大好きな日本の祖父が、いま天国へ旅立とうとしている。“優しさ、思いやり、誠実さ”という、旧き良き日本の象徴だった祖父に、トミーは語り、問いかける…日本の心を。
外から見た日本の姿が、日本人のアイデンティティを取り戻す「未来への架け橋」となる！ ドイツと日本の心を持つ青年が日本人の「心」を呼び覚ます…静かで、熱い、感動のメッセージ。

（著者プロフィール）1951年茨城県生まれ。東京女子大学短期大学部英語科卒業。1974年～1975年カリフォルニア大学短期留学。1978年よりドイツ在住。アビテュア（大学入学資格試験）取得。ケルン大学中退。現在ドイツ・ベルギッシュグラッドバッハ在住。

本体1333円

武士語事典

宮越秀雄

かつて武士達が使っていた言葉には失われつつある美しい日本の文化がある。
武士たちの会話を通じて当時の日本人が持っていたコミュニケーション技術を知ることができる。
世界中から注目され、研究の対象となっている日本文化の源流が、深く理解できる書。

〈目次〉

本体1350円

パリ大好き少女へ

小国愛子

芸術の都、最新ファッションを発信する街、セーヌのほとり、恋人たちは愛を語り、枯葉舞う中、コートの襟を立てて歩く、ダンディな男の背中には哀愁が漂い……。
ああ、憧れのパリ、夢のパリ。
「憧れの」とか、「夢の」なんていうフレーズは、時間的金銭的にちょっと余裕があれば、誰でもひとっ飛びでヨーロッパに渡れるようになった今、ずいぶんと古臭く聞こえるかもしれない。しかし、パリにはやはりいつまでも「憧れ」という形容詞が似つかわしいような気がする。少女の頃からずっと夢見ていたパリ。ああ、魅惑のパリ、花のパリ。しかし、そこで私の見たものは……。
これから続くのは、甘くロマンティックな幻想を抱いてやってきた一日本女性を、パリがいかに受けとめたかの物語である。（「はじめに」より）

本体1164円

なぜ祈りの力で病気が消えるのか？

～いま明かされる想いのかがく

花咲てるみ

医師学会において「祈りの研究」が進み、古来より人間が続けてきた祈りが科学として認められつつある。なぜ様々な病状は祈りで軽減され、治癒に向かうのか？
読後には病気の不安から解放されるばかりか、人生の目的をはっきりと認識して、それに向けて一歩ずつ、進められるようになる。

欧米医療でもその研究で、祈りを受けた患者は、薬の使用率が低くてすみ、回復も早かったというデータがあります。
医療と祈り、そして科学と祈りの研究により、「想い」の重要性はさらに高まります。
あなたがつくってしまった病は、あなた自身が想いを向け、祈ることで、消し去ることもできると思いませんか。
この本があなたの心に栄養をもたらし、「あなた本来の人生」を送ることにつながればいいなあと思います。

（「はじめに」より）　本体1350円